MARCUS IMBSWEILER

Spätlese

TÖDLICHES DUTZEND Große Ereignisse werfen weite Schatten: Wenn im Januar Donald Trump ins Weiße Haus einzieht oder im September der deutsche Bundestag gewählt wird, gibt es auch für den Heidelberger Privatermittler Max Koller jede Menge zu tun. Denn auch am Neckar bleibt man von der Weltpolitik nicht unberührt. In 12 Kurzkrimis werden die Themen des Jahres 2017 noch einmal durchgespielt: vom Terrorismus über die Flüchtlingsdebatte bis zum europäischen Schlingerkurs und Fake News. So aktuell waren Krimis noch nie!

© Sarina Chamatova

Marcus Imbsweiler, geboren im Saarland, studierte Germanistik und Musikwissenschaft. Seit 1990 lebt er als freier Musikredakteur und Autor in Heidelberg; Schwerpunkte seiner belletristischen Arbeit sind Krimis sowie Erzählungen rund um das Thema Klassische Musik. 2007 startete er mit »Bergfriedhof« seine Krimireihe um den Privatermittler Max Koller, die sofort eine große Fangemeinde gewann. Der letzte Band der Serie, »Abschiedstour«, erschien 2015, doch ist Max Koller auf anderem Terrain noch aktiv, so auf der Bühne (»Luna Tours«, 2016) und in den vorliegenden Kurzkrimis, die im Jahr 2017 monatlich in der Rhein-Neckar-Zeitung erschienen.

Bisherige Veröffentlichungen im Gmeiner-Verlag:
Ei mit Schuss (2017)
Luna Tours (E-Book Only, 2016)
Abschiedstour (2015)
Dreamcity (2014)
Glücksspiele (2012)
Schlossblick (2012)
Die Erstürmung des Himmels (2011)
Himmelreich und Höllental (2011, als Peter Paradeiser)
Butenschön (2010)
Altstadtfest (2009)
Schlussakt (2008)
Bergfriedhof (2007)

MARCUS IMBSWEILER

Spätlese

12 Monatskrimis mit Max Koller

GMEINER SPANNUNG

Personen und Handlung sind frei erfunden.
Ähnlichkeiten mit lebenden oder toten Personen
sind rein zufällig und nicht beabsichtigt.

Besuchen Sie uns im Internet:
www.gmeiner-verlag.de

© 2017 – Gmeiner-Verlag GmbH
Im Ehnried 5, 88605 Meßkirch
Telefon 07575 / 2095 - 0
info@gmeiner-verlag.de
Alle Rechte vorbehalten
1. Auflage 2017

Lektorat: Claudia Senghaas, Kirchardt
Herstellung: Julia Franze
Umschlaggestaltung: U.O.R.G. Lutz Eberle, Stuttgart
unter Verwendung eines Fotos von: © nnattalli / shutterstock.com
Druck: CPI books GmbH, Leck
Printed in Germany
ISBN 978-3-8392-2128-0

JANUAR

MAUERSPECHTE

Die Augen des Mannes waren aufgerissen, ebenso der Mund. Als würde er schreien, jetzt, in diesem Moment.

Aber wenn eines sicher war, dann das: Dieser Mann würde nicht mehr schreien. Nie wieder.

»Wer soll das sein?« Ich warf das Foto auf den Tisch zurück. Es hatte die Tischplatte noch nicht berührt, als das Gezeter losging.

»Wer das sein soll? Sie fragen mich, wer …? Sie müssen ihn doch erkennen!«

Ich zuckte die Achseln. Das Gesicht auf dem Foto war hellgrau. Eingestäubt mit Vollkornmehl. Das Zeug saß in den Haaren, den Brauen, den Nasenlöchern, einfach überall. Auch die aufgesperrten Augen waren damit überpudert und der Mund bis tief in den Rachen hinein. Eine Art Maske. Sie raubte dem Mann jegliche Individualität, das Aussehen, das Alter.

»Das ist Whitebread! Den Sie beschützen sollten. Und jetzt ist er tot, Herr Koller! Kapieren Sie, was das heißt?«

»Dass Ihr Aktienkurs nach unten geht?«

Der Brüllaffe, Doktor Gutperle, kam um den Tisch herum.

»Sie hatten einen Auftrag, Koller. Und Sie haben versagt. Ihr Honorar können Sie vergessen.«

»Als Whitebread gestern Abend ins Hotel ging, war er quicklebendig. Wie sollte ich ahnen, dass er …«

»Schon mal was von Jetlag gehört? War doch klar, dass der Kerl noch mal um die Häuser ziehen würde!«

Bevor ich antworten konnte, öffnete sich die Tür. Eine Frau betrat das Büro von Doktor Gutperle: groß und schlank, Kurzhaarschnitt, hohe Stiefel zum karierten Rock. Sie schmetterte uns ein »Guten Morgen« entgegen, dass die Wände wackelten.

»Was soll das?«, fuhr Gutperle auf. »Meine Sekretärin …«

»Konnte meinen Argumenten nicht widerstehen«, lächelte die Frau. »Ich bin die neue Hauptkommissarin, Kehrer mein Name. Sie sprachen über den Mordfall Whitebread?«

Mein Auftraggeber riss sich zusammen und schüttelte der Besucherin die Hand. Er war nicht klein, doch sie überragte ihn deutlich. »Eine Tragödie ist das!«, flötete er.

Die Kommissarin wies auf das Foto. »Woher haben Sie das, Doktor Gutperle?«

»Von dem Mitarbeiter, der die Leiche entdeckte.«

»Und wo?«, mischte ich mich ein.

»Auf unserem Firmengelände. Halb verbuddelt in einem Zementhaufen.«

»Gehören Sie auch zur Firma?«, fragte die Kehrer.

»Um Gottes willen!«, wehrte Gutperle ab. »Herr Koller ist Privatdetektiv. Wir hatten ihn zum Schutz von Mister Whitebread engagiert.«

»Als Bodyguard?« Die Kommissarin zog eine Braue nach oben. »Nun, das hat ja nicht ganz funktioniert.«

Ich schwieg. Gutperle nickte grimmig.

»Können Sie uns sagen, wo sich Whitebread gestern Abend aufgehalten hat? Wollte er jemanden treffen?«

»Ich weiß nur, dass er gegen halb zehn im Hotel eincheckte«, sagte ich. »Er wirkte nicht, als wolle er spät noch einmal ausgehen. Ich wartete eine halbe Stunde, dann fuhr ich nach Hause.«

»Laut Nachtportier verließ er das Hotel gegen 22.15 Uhr und kehrte nicht zurück.«

»Eine Viertelstunde!«, schäumte Gutperle. »Hätten Sie nur 15 Minuten länger ausgehalten. Das ist unprofessionell, Koller!«

»Dienstleistungswüste Germany«, schmunzelte die Kehrer. »In den USA käme so etwas nicht vor.«

»Wohl wahr.«

»Apropos: Was wollte Mister Whitebread eigentlich in Heidelberg?«

»Plattmachen«, sagte ich. Wir saßen in Kehrers Auto, die Kommissarin fuhr, von unten schmeichelte die Sitzheizung. »Whitebread war hier, um Doktor Gutperle und seinen Zementladen plattzumachen. Im Auftrag der US-Regierung.«

»Das müssen Sie mir erklären.«

»Whitebread gehörte Trumps Wahlkampfteam an, jetzt ist er seine Allzweckwaffe in Wirtschaftsbeziehungen. Kurvt per Privatjet um die Welt und bringt die Menschheit auf Kurs. Es geht ihm um die Mauer.«

»Die Mauer an der Grenze zu Mexiko? Was hat die mit Heidelberg zu tun?«

»Sie sind wirklich neu hier«, seufzte ich. »Als Trump im November gewählt wurde, knallten in der Firma die Sektkorken, der Aktienkurs schoss durch die Decke. 25 Milliarden Dollar soll das Ding kosten. Und wer baut's? Die Kurpfalz Zement AG.«

»Ist das wahr?«

»Ihr gehören Werke in Texas und Arizona. Und der größte Konkurrent auf mexikanischer Seite weigert sich, Material für so einen Mist zu liefern.«

»Verstehe.« Sie riss das Steuer nach links, um einen Schleicher vor uns zu überholen. »Aber was meinten Sie dann mit plattmachen?«

»Liegt doch auf der Hand. 25 Milliarden, das finanziert nicht mal ein Donald Trump. Also muss er den Preis drücken. Auf die Hälfte oder ein Drittel. Vielleicht auf ein Zehntel, keine Ahnung.«

»Und davor fürchtet sich Doktor Gutperle?«

»Nach den Jubelarien vom November erwarten die Märkte jetzt Vollzug. Wenn Trump morgen seine Rede zur Amtseinführung hält, werden sie an der Börse ganz genau hinhören, was er bezüglich Mauer sagt. Ob sie kommt, ob sie teilweise kommt, wie viel man investieren will … Von ein paar Worten hängt die Zukunft der Firma ab. Und was Trump sagen wird, hängt wiederum von den Signalen ab, die er von Whitebread bekommt. Beziehungsweise bekommen sollte.«

»Am Ende nützt Whitebreads Tod Doktor Gutperle sogar.«

»Das haben *Sie* gesagt.«

»Was war Ihre Rolle in der Angelegenheit?«

»Offiziell sollte ich den Typ beschützen. Und zwar, ohne dass er es merkte. Gutperle ging es wohl eher darum, Whitebread zu überwachen. Wohin geht er, mit wem trifft er sich? Nimmt er Kontakt zur Konkurrenz auf?«

»Ich dachte, Kurpfalz Zement sei konkurrenzlos?«

»Das glaubte Hillary Clinton auch.«

Sie lachte ein dreckiges Lachen.

Eine Reihenhaussiedlung im Kirchheimer Westen: Achtzigerjahrestil, putzige Vorgärten, Mittelklassewagen auf dem Bürgersteig. Als ich mein Rad vor dem Haus ganz rechts abstellte, ging eine Nachricht von Doktor Gutperle ein. Bloß keine Details an die Kommissarin, Herr Koller, flehte er zum zigsten Mal. Ich drückte ihn weg.

Ein Blick auf das Klingelschild: »Rolf & Sandra Specht mit Jenny & Justin«. Alles so normal hier … verrückt! Plötzlich hörte ich Schritte hinter mir.

»Herr Koller«, säuselte Kommissarin Kehrer. »Was für eine Überraschung, Sie hier zu sehen!«

»Ganz meinerseits.«

»Im Hotel sagte man mir, Mister Whitebread habe sich

gestern nach der Schwarzwaldstraße erkundigt. Und nun treffe ich Sie hier. Wie kommt's?«

»Zufall. Wollte gerade wieder gehen.«

Sie lächelte. »Niemand zu Hause?« Und als ich nicht antwortete, legte sie eine Hand auf meine Schulter und flüsterte mir ins Ohr: »Raus damit, Koller, sonst mache ich Ihnen die Hölle heiß.«

»Okay«, seufzte ich. »Whitebread war hier. Nehmen Sie die Hand weg, dann erzähl ich's Ihnen.«

Meine Beichte war kurz, aber bitter. Anders, als ich es Doktor Gutperle gegenüber behauptet hatte, war ich gestern Abend nicht nach Hause gefahren, sondern hatte vor dem Hotel gewartet, bis der Amerikaner herauskam. Ich folgte ihm nach Kirchheim, in die Schwarzwaldstraße, sah, wie er bei den Spechts läutete und im Haus verschwand.

»Und dann?«, fragte die Kehrer.

Ich stöhnte. »Nichts und dann. Ich bin eingepennt! Hinterm Steuer. Heizung hochgedreht, Lehne zurück – schon hab ich geratzt. Als ich um vier wieder aufwachte, war Whitebreads Wagen fort. Im Haus alles dunkel. Ich also heim ins Bettchen.«

Sie lachte schallend. »Das war's?«

»Ehrlich, ich habe keine Ahnung, wer die Spechts sind und was Whitebread von ihnen wollte.«

»Fragen wir sie.«

Sie läutete. Es dauerte eine Weile, dann öffnete eine nicht mehr taufrische blonde Frau, die uns verwundert ansah.

»Frau Specht?« Die Kommissarin wies sich aus und bat darum, hereinkommen zu dürfen.

»Ja, bitte«, murmelte die Frau. Ihre Augen sagten das Gegenteil.

Wir blieben im Flur mit Blick ins offene Wohnzimmer stehen. Alles aufgeräumt, alles picobello.

»Sie haben sicher wenig Zeit«, meinte die Kehrer gut gelaunt, »also kommen wir gleich zur Sache. Kennen Sie diesen Mann?«

Sie hielt der Specht ein Foto des Toten unter die Nase. Die schreckte zurück, warf einen unsicheren Blick darauf und verneinte.

»Er war gestern Abend bei Ihnen. Dafür gibt es Zeugen.«

»Das … davon weiß ich nichts. Ich …« Ihre Hand wanderte zur Halskette. »Moment, vielleicht ist das … Mein Mann sagte, spät abends hätte jemand bei uns geklingelt. War aber falscher Alarm.«

»Ihr Mann sagte das?«

»Ich hab mittwochs Yoga. Deshalb … Es war wohl ein Ausländer, der sich in der Adresse geirrt hat. Mein Mann hat ihn fortgeschickt.«

»Er war bei Ihnen im Haus«, sagte ich.

»Möglich. Fragen Sie meinen Mann, wenn Sie Näheres wissen wollen.«

»Wollen wir«, nickte die Kommissarin.

Während sie sich Spechts Handynummer diktieren ließ, sah ich mich unauffällig in der Wohnung um. Was, verdammt, hatte Whitebread hier gewollt? Ein US-

Politprofi – hier, in dieser IKEA-Welt? Von der Flurwand grüßte die heile Familie: Rolf, Sandra, ihre beiden Sprösslinge, dazu Opas und Omas, Bilder von Heidelberg, Urlaubserinnerungen. So was von Ultranormal! Keine Spur von tödlichem Zementstaub.

Die Polizistin nahm das Handy vom Ohr. »Ausgeschaltet«, murmelte sie.

»Würden Sie jetzt gehen?«, flüsterte die Specht. »Mir ist nicht gut.«

»Einen Moment«, sagte ich und wies auf ein Schwarz-Weiß-Foto, das die Vorderfront eines Tante-Emma-Lädchens zeigte. »Gehörte dieses Geschäft Ihrer Familie?«

»Ja, es war der Laden meiner Eltern.«

»Dann kenne ich jetzt die Verbindung zwischen Ihnen und Whitebread.«

Über der Ladentür stand in Schreibschrift: »Lebensmittel Weisbrodt«.

Sandra Specht erbleichte.

Ich erwischte meinen Auftraggeber vor dem firmeneigenen Festsaal, dessen Außenwand in goldenes Licht getaucht war. Als Doktor Gutperle mich sah, warf er die halb gerauchte Kippe weg.

»Ganz schlecht, Herr Koller. Die Aufführung startet.«

»Wollen Sie nicht wissen, wie Mister Whitebread zu Tode kam?«

»Okay, kommen Sie mit.«

Er führte mich hoch zur Empore. Während er unablässig Hände schüttelte und Glückwünsche entgegennahm, studierte ich das ausliegende Heftchen, das ein Interview mit ihm enthielt. Derweil betraten Chor und Orchester die Bühne.

Ich legte das Heft beiseite. »Sie lieben Musik?«

»Im Grunde meines Herzens«, seufzte er, »bin ich ein sentimentaler Mensch.«

»Das war Whitebread auch. Sein Mörder heißt übrigens Specht.«

Gutperle runzelte die Stirn. Kaum hatte unten die Musik begonnen, als sein Handy summte. Er wischte über das Display und ballte die Faust.

»Trump wird bauen«, zischte er triumphierend. »Die Mauer. 12 Meter hoch, 1.600 Kilometer lang.«

Ich schwieg. Alle paar Takte wurde der Zementmann nun mit News beglückt, alle paar Takte bleckte er die Zähne, hob einen Daumen, zeigte die ortsübliche Becker-Faust. Ich gähnte.

In einer Pause beugte sich Gutperle zu mir herüber. »Was ist mit diesem Specht?«

»Whitebread hat ihn am späten Abend besucht. Er wollte die Familie seiner Vorfahren kennenlernen.«

»Die was?«

»Die Trumps stammen aus der Pfalz, die Whitebreads von hier. Da gab es wohl eine wachsweiche Stelle im Herzen unseres Eisenmannes.«

»Wäre er mal aus Zement gewesen«, kicherte Gutperle. Dann wurde er wieder ernst und schickte Kommandos in den Orbit: vergab Aufträge, kaufte ein, stieß ab. In der nächsten Pause erzählte ich von Spechts Geständnis. Die

Familie hatte zusammengesessen, um den Geburtstag des Sohnes zu feiern, als Whitebread auftauchte. Specht dachte wohl, er könne von der Anwesenheit des VIPs irgendwie profitieren, finanziell oder so, deshalb war die Stimmung zunächst gut, es gab reichlich Alkohol, man trank Brüderschaft – bis Whitebread der Specht-Tochter an den Hintern griff.

»Dieser alte Bock?«, entfuhr es Gutperle.

»Nach bewährter Trump'scher Manier. Außerdem: Familie. Da darf man das, dachte er. Es kam zum Streit, und irgendwann hatte Vater Specht eine Pfanne in der Hand. Gusseisern.«

Gutperle ließ pfeifend Luft ab. Vor dem letzten Stück vervollständigte ich die Erzählung: wie die Spechts die Leiche in Whitebreads Wagen gepackt und wie sie ihn auf das Firmengelände gebracht hatten, um den Verdacht von sich abzulenken. Gutperle schüttelte den Kopf.

»Irre. Und warum? Weil vor 100 Jahren ein Kurpfälzer in die USA ausgewandert ist.« Wieder ging eine Jubelmeldung von der Börse ein. »Gute Arbeit, Koller. Aber jetzt lassen Sie uns die Musik genießen.«

Das taten wir dann auch. Jeder, wie er konnte. Dieses Gesinge ist ja nicht so meins. Aber das Stück kam mir bekannt vor.

»Sagen Sie«, flüsterte ich Gutperle irgendwann zu, »ist das nicht die Musik, die damals in Berlin gespielt wurde? Nach dem Fall der Mauer?«

»Beethoven«, nickte er. »Hätte die DDR unseren Zement verwendet, stünde das Ding heute noch.«

»Meinen Sie?«

»Die Mauer für Trump werden wir so bauen, dass sie bis zum Sankt-Nimmerleins-Tag hält. Mein Wort darauf.« Sein Handy brummte.

»Ja«, sagte ich. »Es kommt eben drauf an, was man daraus macht.«

FEBRUAR

DIE NARRENWEHR

»Spuck's aus, Junge.« Ich legte Benni meinen Arm um die Schultern. »Glaub mir, hinterher fühlst du dich besser.«

Er begann zu zittern. Seine Augen waren rot umrändert, an der Nasenspitze hing ein Tropfen Wasser. Unter der Last meines Arms knickte sein Oberkörper ein. Benni war fällig. Eine Woche lang hatte er den harten Mann gespielt, aber nun wurde ihm bewusst, dass er mit der Schuld nicht würde leben können. Vor ihm auf dem Tisch lag sein Handy. Dauernd gingen Nachrichten ein, doch er ignorierte sie.

Tanjas Bild war noch immer auf dem Display. Oder wieder?

»Na komm.« Ich gab ihm einen Klaps. »Du hast das nicht gewollt. Du warst besoffen. Und als ihr …«

Ein heftiger Knall schnitt mir das Wort ab. Wir sprangen beide auf, Benni fiepte vor Schreck. In einem der Wohnzimmerfenster klaffte ein großes Loch. Draußen wurde gejohlt.

Vorsichtig näherte ich mich dem Fenster. Vor dem Haus standen zwei Dutzend Maskierte, pfiffen, jubelten und schrien wild durcheinander. Kalte Winterluft strömte durch das Loch ins Zimmer, aber das war nichts im Vergleich zu dem, was mir aus der Menge entgegenschlug.

»Rück das Schwein raus!«, brüllten sie. »Her mit dem Kerl oder wir holen ihn uns!«

»Verpisst euch«, sagte ich heiser und zog die Vorhänge zu.

Benni schlurfte zu dem Stein, der die Scheibe durchschlagen hatte, und bückte sich nach ihm. Als er ihn fast erreicht hatte, knickten seine Beine ein, er fiel auf die Knie. Ich schloss auch die übrigen Vorhänge.

»Was ist hier los?« Bennis Mutter erschien in der Wohnzimmertür. Vorhin, als ich kam, hatte sie sich in den Fitnessraum verzogen. Die grellen Farben ihrer Funktionswäsche ließen ihr Gesicht noch fahler erscheinen als üblich. Sie hatte eine Topfigur, ein Tophaus und drüben in Neuenheim eine Topgalerie. Und sie hatte einen Vergewaltiger zum Sohn.

»Wir sollten die Polizei rufen«, sagte ich. »Da braut sich was zusammen.«

Benni schluchzte. Eine andere Mutter hätte ihm auf die Beine geholfen. Seine vermied seit einer Woche jede Berührung.

Dann wurde es laut im Haus. Gelächter, »Hajo«-Rufe, schließlich Schritte im Flur. Wie paralysiert starrten wir auf die Menschen, die sich in den Raum drängten, die ihn regelrecht überfluteten, so viele waren es. Sie trugen Kostüme, waren geschminkt, ihre Gesichter glitzerten. Blieben die Vordersten stehen, wurden sie von den Hinteren weitergeschoben. Wir wichen zurück, Benni noch immer auf allen vieren. Ein Typ im Zebraoutfit stolperte über den Perser und flog der Länge nach hin. Hexen und Cowboys umschunkelten uns. Es roch nach Schweiß, Alkohol und Zigaretten. Einer stellte sich an den Flügel, klappte den Deckel hoch und klimperte auf den Tasten herum. Ich griff nach meinem Handy.

»Was wollen Sie hier?«, kreischte Bennis Mutter. »Verlassen Sie mein Haus, auf der Stelle!«

Ein Mann betrat das Zimmer. Ein beeindruckend großer Mann. Eisgrauer Schnurrbart, Brille, quietschgrünes Sakko und Schiffchen auf dem Kopf. An seiner Brust prallte ihr Geschrei einfach ab. Um ihn herum versammelten sich weitere Herren im gediegenen Fastnachterzwirn: Elferrat mit Fußvolk.

»Brauchen Sie nicht«, sagte der XXL-Karnevalsprinz und nahm mir das Telefon aus der Hand. Ich war so überrumpelt, dass ich nicht mal protestierte.

»Raus!«, schrie Bennis Mutter.

Der Schnauzbart nickte. »Gleich, Frau Dambusch. Aber ihn«, sein Finger richtete sich auf Benni, »nehmen wir mit.«

Der Junge zuckte zusammen. Wimmernd krabbelte er hinter die Beine seiner Mutter. Ein Gorilla ging in die Knie und lockte ihn mit einem Gutsel. Ich drängte mich zwischen die beiden.

»Sie haben gehört, was Frau Dambusch gesagt hat«, herrschte ich den Hünen an. »Wenn Sie bleiben, ist es Hausfriedensbruch.«

»Wie sind Sie überhaupt hereingekommen?«, rief die Dambusch.

»Außerdem will ich mein Handy wieder.«

»Das bekommen Sie zurück«, sagte der Schnauzbart. »Sobald Benni bereit ist, mit uns zu gehen.«

»Der Junge bleibt hier!«

»Der Junge hat eine 15-Jährige vergewaltigt.«

»Behaupten Sie!«

»Sie haben die neuesten Nachrichten nicht gelesen, Herr Koller.«

Ich starrte ihn an. Er kannte mich? Und von welchen Nachrichten sprach er?

»Wir haben deswegen unsere Prunksitzung verschoben«, kam es aus dem Mund des Hünen. Sein Blick war ausdruckslos, fast müde. Von wegen Gute-Laune-Bär! »Wie soll man in diesen Tagen unbeschwert feiern, wenn in der Nachbarschaft ein Vergewaltiger sitzt, der von der Polizei verschont wird?«

»Mein Sohn ist kein Vergewaltiger!«, schrie Bennis Mutter.

»Na logo«, rief einer aus dem Elferrat, »der Papa kennt ja auch den Staatsanwalt persönlich. Die sind doch alle versippt da oben. Eine Clique!«

»Hier«, sagte der Oberkarnevalist und hielt mir sein Smartphone vor die Nase. »Das hätten Sie lesen sollen, statt Kaffeekränzchen im Haus eines Verbrechers zu halten.«

Eine Schlagzeile sprang mir entgegen: »Verdächtiger durch Rechtsmedizin überführt«. Der dicke Finger des Mannes wischte über das Display. Nächste Headline: »Faschingsvergewaltigung vor Aufklärung«. Und wisch: »Wann gesteht Benni (17)?«

»Alles Fake«, sagte ich. »Internetgülle.«

»Und was dem Mädchen angetan wurde, war ebenfalls ein Fake?«

»Nein, aber es ist noch lange nicht erwiesen, dass es Benni war. Und selbst wenn es so wäre, gibt Ihnen das nicht das Recht …«

»Auf welcher Seite stehen Sie, Herr Koller?« Er steckte sein Handy wieder ein. »Können Sie sich vorstellen, wie es dem Opfer gehen muss, wenn es all die Meldungen liest, und die Polizei unternimmt nichts?«

»Die Polizei hat Benni mehrfach verhört.«

»Und mit welchem Ergebnis? Das Mädchen ist für alle Zeit gebrandmarkt, aber der Täter macht sich einen schönen Lenz.«

»Alle mal herhören!«, rief einer im Trollkostüm und tippte aufgeregt auf seinem Handy herum. »Hier, das kam eben rein: Jenny89 schreibt, ihr Bruder arbeitet bei der Polizei und es gibt eine Order von ganz oben, die Dambuschs mit Samthandschuhen anzufassen. So ist das nämlich.«

»Kein Wunder, Daddy geht ja auch mit dem Oberbürgermeister golfen«, übertönte der Gorilla das allgemeine Pfeifkonzert.

»Und die Erde ist eine Scheibe«, hielt ich dagegen. Ich spürte, wie Benni meine Beine umklammerte. »Wenn Sie jetzt nicht gehen, rufen wir die Polizei. Sie machen sich strafbar.«

»Ruf doch«, grinste der Gorilla. Natürlich sah ich sein Grinsen nicht, aber ich spürte, wie er das Gesicht hinter der Maske verzog. »Ruf doch, so voll analog. Bin gespannt, wer dich hört.«

»Immer mit der Ruhe«, mischte sich der Schnauzbart

ein. »Lassen Sie uns vernünftig bleiben. Wir wollen nur mit dem Jungen reden. Wir wollen nur sein Geständnis.«

»Niemals!«, schrie Bennis Mutter.

»Ich verspreche Ihnen, ihm wird nichts geschehen.«

»So, wie der Fensterscheibe nichts passiert ist?«, fragte ich.

»Dafür entschuldigen wir uns«, sagte der Faschingsriese ungerührt. »Die Scheibe bekommen Sie ersetzt, keine Sorge. Andererseits: Was sind schon ein paar Scherben gegen das, was er dem Mädchen angetan hat?«

»Vergessen Sie's. Benni bleibt hier.«

»Herr Koller«, seufzte der Typ. »Spielen Sie nicht den Helden. Sie denken doch auch nur an sich. Sie sind hier, weil Sie Benni zum Geständnis überreden wollen. Um sich hinterher feiern lassen zu können. Darum geht es Ihnen, der Junge ist Ihnen völlig egal.«

»Mir geht es nur um eins: die Wahrheit«, zischte ich. Na, da lachten sie aber! Der komplette Elferrat hielt sich den Bauch und stieß sich gegenseitig in die Rippen. Fehlte nur noch der Narrhallamarsch! Ich sah von einem zum anderen, und dabei fiel mir auf, dass alle oder wenigstens fast alle einen blauen Button mit der Aufschrift »Wehrhaftes Heidelberg« trugen. Die meisten hatten ihn sich ans Revers geheftet, neben ihre lustigen Orden, beim Vorsitzenden prangte er oben am Käppi.

»Die Wahrheit«, sagte der Hüne und schüttelte den Kopf, »natürlich. Leute wie Sie wissen ja ganz genau, was die Wahrheit ist.«

»Aber Sie!«

»Wir werden sie erfahren. Von ihm hier.« Er beugte sich zu Benni herunter. »Du kommst jetzt mit und erzählst uns, was nach der Faschingsparty passiert ist.«

Benni jaulte auf.

»Finger weg!«, brüllte ich. Gorilla und Zebra näherten sich.

»Hört euch das an!«, rief eine Frau mit roter Perücke. »Tanja hat versucht, sich die Pulsadern aufzuschneiden, postet ihre beste Freundin.« Sofort wurden Handys gezückt, das Wischen und Tippen nahm kein Ende.

»Ihr glaubt wohl alles, was man euch vorsetzt«, giftete ich.

»Und Sie?«, gab der Hüne müde zurück. »Sie glauben dem Täter?«

Bevor ich antworten konnte, versetzte die Dambusch ihrem Sohn einen Tritt und schrie: »Was hast du uns bloß angetan, deinem Vater und mir?« Unter ihren Achseln zeichneten sich große Schweißflecken ab, trotz Funktionswäsche.

»Steh auf, Benjamin Dambusch«, sagte der Schnauzbart, nicht ohne Würde. Im Hintergrund klimperte der Flügel. Ich fühlte Bennis Arme um meine Knie.

»Der Junge bleibt hier«, flüsterte ich. Wer weiß, wie es unter meinen Achseln aussah.

»Gehen Sie, Herr Koller.«

Ich schwieg. Der Typ schaffte es auch jetzt noch, völlig ausdruckslos zu gucken. Um ihn herum feixten seine Karnevalisten. Das Schiffchen auf seinem Kopf segelte unter der Flagge der Wehrhaftigkeit.

»Hä?«, sagte jemand. Ein Zebraschädel wurde geschüttelt. »Was ist denn das jetzt für ’n Scheiß?«

Irritiert starrte das Streifentier auf sein Handy. Nachahmer fanden sich rasch. Die neue Nachricht machte in erstaunten Ausrufen und Fragewörtern die Runde, dann in Halbzitaten und Auszügen, bis es endlich einer schaffte, einen einigermaßen vollständigen Satz zu formulieren.

»Da steht … da steht, dass die Polizei einen verhaftet hat. Gerade eben. Dringender Tatverdacht auf Vergewaltigung.«

»Wen?« Alle, auch der schnauzbärtige Chefkomiker, zückten ihre Handys und wischten sich die Meldung herbei. »Wen haben sie verhaftet?«

»Einen Flüchtling. Aus Gambia. Steht da.«

Ich spürte, wie sich Bennis Umklammerung lockerte. Die Eindringlinge warfen sich gegenseitig Blicke zu. Sprachlos. Blitzartig stellte ich mir vor, einer von ihnen hätte sich als Schwarzer verkleidet. Was sie mit dem wohl anstellen würden?

Stattdessen hörte ich etwas. Einen Laut, der von ganz tief unten kam, so eine Art Urlaut, zu dem Menschen nur in besonderen Situationen fähig sind. Er rollte an, grollend, bedrohlich, und brach sich schließlich in einem gemeinsamen Wutschrei Bahn.

»Ein Flüchtling«, sagte der Vorsitzende ganz sachlich, als der Schrei verhallt war, und steckte sein Handy ein. »Gehen wir.« Der Typ am Flügel ließ seine Faust auf die Tasten fahren. Frau Dambusch wurde aschfahl.

Und schau an, sie hauten ab. Würdigten uns keines Blickes mehr. Es gab jetzt ein anderes Ziel, da waren wir unwichtig geworden. Als Letzter ging der Schnauzbart. Kurz bevor er das Zimmer verließ, legte er noch mein Handy auf eine Kommode. Dann waren wir allein.

Bennis Mutter stürzte hinaus. Ich hörte sie am Telefon mit ihrem Mann sprechen.

Aber da saß ich schon auf dem Boden, Rücken gegen die Wand, Augen geschlossen. In mir war alles kalt und tot. Ich wollte nach Hause, hatte aber keine Kraft, mich aufzuraffen.

Irgendwann, nach sehr langer Zeit, kamen Geräusche von der Stelle, an der Benni lag.

»Ich hab das nicht gewollt«, flüsterte er. »Ehrlich nicht. Aber dann hat einer bei der Party mit K.-o.-Tropfen rumgeprahlt, die hab ich ihm geklaut und Tanja ins Glas geschüttet. Nur zum Spaß, weil sie immer so … Und als sie dann … dann ist es halt passiert. Ich wünschte, ich könnte es … Ach, Scheiße.«

Er fing an zu schluchzen.

So, dachte ich, ohne die Augen zu öffnen. Du also. Du.

Irgendwie war es mir egal. Scheißegal.

Hätte ja auch ein Fake sein können.

MÄRZ

UNGEBREMST

Der Frühling kam. Ich spürte es, ich roch ihn, selbst hier oben, 500 Meter über dem Meeresspiegel. Kräftige Sonnenstrahlen brachten die kleinen Triebe an den Bäumen zum Platzen. Alles wollte raus, wollte sich verausgaben, genau wie ich. Fahrtwind in den Haaren, auf dem Oberkörper ein Schweißfilm. Ich beugte mich über den Lenker, ließ die Räder laufen, legte mich mit Genuss in jede Kurve. Und das Schönste: Ich war allein.

Dachte ich.

Im nächsten Moment zog etwas an mir vorbei. Lautlos. Vor Schreck hätte es mich fast in den Graben gefegt. Bei dem Ding handelte es sich um ein Auto, allerdings um kein gewöhnliches. Eine Elektrokarre, die nicht mehr Geräusch machte als das Surren meiner Räder. Der Wagen hatte eine mattpolierte Oberfläche in Silbermetallic, verspiegelte Fenster und sonst – nichts. Also Rückstrahler natürlich, Reifen und den ganzen Kram. Aber weder Türgriffe noch Herstellerlogo noch Aufkleber. Macken schon mal gar nicht. Kein Gestank, kein Lärm; ein Designerkühlschrank auf Rädern.

Na warte, dachte ich und nahm Fahrt auf.

Ich lasse mich ja nicht von jedem überholen. Spuckende Mittelklassewagen, okay. Pensionäre im Daimler mit Hutablage, meinetwegen. Aber so ein arroganter Edelschleicher? Dem würde ich was husten.

Ich raste also die enge Waldstraße hinunter, kniff die Augen zusammen, gab Stoff. Der Typ vor mir fuhr stoisch seine 50 Sachen. Kurz darauf bog er ab, wurde langsamer, ich gleichfalls. Irgendwie seltsam, so eine Kiste ohne Markennamen. Der Straßenverlauf kurvig, gedrosseltes Tempo, trotzdem hatte ich Mühe zu folgen. Nicht schlappmachen, Max!

Plötzlich ein Geräusch, eine Art Dotzen. Prompt vollführte der Wagen vor mir einen kleinen Hopser. Ich sah einen Gegenstand auf der Fahrbahn, rechterhand eine dünne grüne Linie und riss im letzten Moment den Lenker herum. Vollbremsung. Die Protzkarosse verschwand hinter der nächsten Kurve.

Ich schaute zurück. Auf dem Asphalt lag ein übel zugerichtetes Etwas. War mal ein Dackel. Von seinem Hals führte eine grüne Hundeleine über eine Haltebucht bis zu einem Mann, der sein Gesicht einem Baum zuwandte. Eben drehte er sich um. Sein Hosenlatz stand offen. Als er mich sah, wurden seine Augen groß, als er den Dackel sah, begann er zu zittern.

»Kurt!«, stotterte ich.

Der Mann fiel um.

»Du meine Güte«, seufzte Kommissarin Kehrer. »Sind denn heute nur Idioten unterwegs?«

»Ich war das nicht«, sagte ich.

»Wissen wir. Ich meinte den LKW, der uns auf dem

Weg hierher beinahe von der Straße gedrängt hätte. Und den, der das hier angerichtet hat.« Sie zeigte auf den Hund.

»Er heißt Coppick.«

»Sie kennen ihn?«

»Sein Herrchen auch. Kurt Schneider, genannt Tischfußball-Kurt. Egal. Ich hoffe, er kommt durch.« Schweigend sahen wir zu, wie Kurt in den Rettungswagen gehoben wurde. Sein blau angelaufenes Gesicht war entsetzensstarr.

»Nun schließen Sie dem Mann doch die Hose!«, rief die Kehrer den Sanitätern zu, bevor sie davonbrausten.

»Er dachte, ich hätte seinen Köter umgenietet«, sagte ich. »Mit dem Fahrrad. Das gab ihm den Rest. Coppicks Bruder, Hansen, ist vor ein paar Wochen gestorben, seitdem war Kurt nicht mehr der Alte.«

»Und wer war der Übeltäter? Haben Sie ihn gesehen?«

»Ein Typ im Elektroauto. Kurt bekam nichts mit, er war ja am Pinkeln. Aber ich habe das Kennzeichen.«

Die Kommissarin rief einen Mitarbeiter heran, dem ich die Kombination diktierte.

»Den Fahrer haben Sie nicht erkannt?«

Ich schüttelte den Kopf. »Aber wissen Sie, was ich seltsam finde? Dass er so gar nicht gebremst hat.«

»Er wird das Tier nicht bemerkt haben.«

»Einen Dackel, mitten auf der Fahrbahn, angeleint? Okay, und selbst wenn: Er hat auch nach dem Aufprall nicht angehalten. Fuhr einfach weiter, der Typ.«

»Wie erklären Sie sich das?«

»Keine Ahnung. Vielleicht stand er unter Drogen. Jedenfalls will ich, dass Sie ihn drankriegen. Wegen Mord. Und sollte es Kurt nicht überleben, dann wegen Doppelmord.«

Sie lachte. »Wie süß, Herr Koller! Sie sind wirklich rührend. Darf ich Sie zum Mittagessen einladen? Mir knurrt nämlich der Magen, und von diesem Lokal habe ich schon viel gehört.« Sie zeigte auf ein Schild, laut dem es nur wenige Hundert Meter bis zu einer Gaststätte waren.

»Gibt's das?« Die Kehrer stieß einen Fluch aus, wie ich ihn einer Hauptkommissarin nie zugetraut hätte. »Nur für Gruppen ab 8 Personen und nur nach Voranmeldung«, stand an der Tür des Gasthauses. Drinnen war alles dunkel.

»Vielleicht, wenn Sie Ihren Ausweis vorzeigen«, schlug ich vor. »Wir behaupten, wir hätten Hunger für acht.«

»Von einer Stadt wie Heidelberg hätte ich mir mehr Kundenfreundlichkeit erwartet. Wie weit ist es bis zum Königstuhl? Dort gibt es doch ein Lokal, oder?«

»Auch zu«, winkte ich ab. Die Kommissarin war neu in der Stadt, da musste man Nachsicht walten lassen.

Ihr Mitarbeiter kam, Smartphone in der Hand. »Das Kennzeichen des Wagens ist nicht zugelassen, Chef. Schon verdächtig, oder?«

»Deshalb machte er sich vom Acker«, sagte ich. »Den müssen Sie verknacken!«

Die Kehrer sah mit zusammengekniffenen Augen an mir vorbei. Dann begann sie zu winken. Ein Mann trat eben aus einem der Häuser, die das Lokal säumten. »Hallo!«, rief sie. »Können Sie uns sagen, wo man hier was zu essen bekommt?«

Kopfschütteln. »Hier nicht. Tote Hose.«

Sie kam näher. »Im Zuge polizeilicher Ermittlungen sind wir dringend auf Nahrungszufuhr angewiesen. Das Verbrechen nimmt sonst überhand.«

»Meinen Sie den LKW, der hier alles blockiert hat?«, sagte der Mann, ein Rentner mit buschigen Augenbrauen. »Kommen Sie rein, meine Frau schmiert Ihnen ein paar Stullen.«

Nicht zu fassen, aber die Kehrer nahm die Einladung an. Offiziell wegen des LKWs natürlich, in Wahrheit aus lauter Fresssucht. Ihr Mitarbeiter zwinkerte mir zu, während wir das Haus betraten. Kurz danach futterten wir Schinken- und Käsebrote, ich blätterte in einem Bildband über die kleine Siedlung im Wald.

»Wie war das nun mit dem LKW?«, wollte die Kommissarin wissen und wischte sich Krümel vom Rock. Ihre Lippen glänzten buttrig.

»Gestanden hat er hier«, brummte der Alte. »Auf dem Parkplatz vom Lokal, den ganzen Morgen. Gibt ja keinen Publikumsverkehr, trotzdem eine Frechheit. Und vorhin fährt er los, aber mit Karacho. Als wenn der Teufel hinter ihm her wär.«

Die Polizisten nickten sich zu. »Herr Koller, sind Sie sicher, dass der Hund Ihres Bekannten nicht von einem Laster überfahren wurde?«, fragte die Kehrer.

Ich legte das Buch auf den Tisch. »Gegenfrage: Wussten Sie, dass gegen Ende des Kriegs hier oben militärische Tests stattfanden? Zur U-Boot-Tarnung? Wussten Sie nicht, Sie sind ja nicht von hier.«

»Sie meinen, es war weder Kleinwagen noch LKW, sondern ein U-Boot? Eins auf Rädern vielleicht?«

»So ungefähr«, sagte ich. Jetzt bloß nicht provozieren lassen! »Jedenfalls hat mich die Sache mit den Tests auf eine Idee gebracht.«

Ein schicker Klinkerbau in Bergheim. Früher Fabrik, heute vollgestopft mit Büros und Werkstätten. Alle Türen standen offen, hippe junge Leute saßen in kippeligen Stühlen, skypten, tippten oder schlürften Biotee. Im vierten Stock, vor einem Schild mit der Aufschrift »AutoMinds«, machten wir Halt.

»Sie haben da immer noch Krümel«, sagte ich. Die Kehrer schnaubte bloß.

Dann traten wir ein. Ein junger Kerl mit lichtem Haar saß vor einem Computer und starrte wie gebannt auf den Bildschirm. Erst als die Kommissarin mit ihrer Dienstmarke vor ihm herumfuchtelte, schenkte er uns seine Aufmerksamkeit.

»Herr Weiß? Es geht um einen Unfall mit Fahrerflucht, in dessen Folge ein Mann einen Herzinfarkt erlitten hat.«

»War ich nicht.« Der Typ zwinkerte heftig mit den Augen. »Kann ich beweisen. Hab den ganzen Vormittag gearbeitet. Online. Dürfen Sie gern überprüfen.«

»Das glauben wir Ihnen sogar. Trotzdem denken wir, dass wir hier richtig sind. ›AutoMinds‹ ist ein Startup-Unternehmen, das sich auf die Entwicklung von selbstfahrenden Systemen spezialisiert hat, korrekt?«

Weiß nickte.

»Und zwar als einziges hier in der Region.«

»Das können Sie laut sagen. Wir sind top! Die Chinesen haben bei uns investiert, der Plopp, der Hattner, alle. Wenn es demnächst losgeht mit den autonomen PKWs, kommt keiner mehr an uns vorbei.« Er zuckte mit den Achseln. »Sorry, ist so.«

»Testen Sie bereits in der Praxis?«

»Nein. Also nicht richtig. Wir warten auf die Genehmigung. Im Grunde ist alles klar, nur das offizielle Dokument fehlt.« Wieder das Augenzwinkern. »Blöd, wenn alles an so einem Wisch hängt.«

Die Kehrer warf mir einen grimmigen Seitenblick zu. »Das heißt, Sie testen doch schon?«

»Immer nur ein paar Minuten. Wo garantiert kein Mensch gefährdet wird.«

»Oben im Wald zum Beispiel. Auf dem Königstuhl.«

»Seit die Lokale dort zugemacht haben, ist der Verkehr praktisch null. Keine realen Bedingungen natürlich, aber für erste Tests ausreichend.«

»Ihr Raumgleiter hat einen Hund auf dem Gewissen«, sagte ich. »Und meinen Kumpel.«

»Unmöglich.«

»Sorry, ist so.«

Er schüttelte den Kopf. »Ich beweise es Ihnen. Kommen Sie.« Er wandte sich wieder dem Bildschirm zu und rief in rascher Folge diverse Tabellen und Grafiken auf. »Hier, das speichert unser Testwagen routinemäßig. Fahrtgeschwindigkeit – keinerlei Auffälligkeiten. Kein Halt, kein plötzliches Ausweichmanöver. Kontakt mit Gegenständen – nichts Besonderes, nur die üblichen Kleinigkeiten.«

»Ja, ein Dackel zum Beispiel!«, rief ich. »Coppick hieß er, jetzt ist er Matsche!«

»Sie meinen den Hasen? Hier, bitte!« Er setzte einen Film in Gang, der eine Fahrt durch den Wald zeigte. Die Karre war also mit einem Aufnahmegerät ausgestattet. Irgendwann sah man einen Radfahrer, die Kamera schwenkte nach links und zog an ihm vorbei.

»Das war ich!«

»Und? Alles in Ordnung, oder?«

»Sie haben keinen Helm auf«, brummte die Kehrer.

»Schnauze, schauen Sie sich lieber das an!« Ich zeigte auf den Bildschirm. Kurts Dackel kam in Sicht, glotzte, wurde größer, die Aufnahme wackelte, dann war wieder freie Bahn.

»Also!«, rief ich. »Fall geklärt.«

»Ich bitte Sie«, meinte Weiß. »Was kann ich dafür, wenn da ein Hase ...«

»Hund!«

»Ein Hund war das?« Er spulte zurück, ließ die Aufnahme langsamer laufen, drückte auf Stopp. Besonders hündisch sah Coppick nicht aus, hatte er noch nie. Häsisch aber auch nicht.

»Dackel«, sagte die Kehrer. »Sieht man doch.«

»Selbst wenn.« Weiß fummelte an der Maus herum. »Der Wagen hat sich korrekt verhalten. Er hat das Objekt identifiziert und geortet, hat verschiedene Optionen durchgespielt und ist anhand der Fahrdaten – Tempo, Straßenbeschaffenheit, Umgebung – zu der Entscheidung gekommen«, er räusperte sich, »weiterzufahren.«

»Ach nee!«, rief ich. »Einfach so? Warum nicht bremsen?«

»Weil eine Vollbremsung ebenso wie ein plötzliches Ausweichmanöver einen anderen Verkehrsteilnehmer akut gefährdet hätte.« Er sah mich an. »Den Fahrradfahrer direkt dahinter.«

Mir stand der Mund offen. Jetzt sollte ich am Tod Coppicks und vielleicht Kurts schuld sein?

»Der Hund hatte auf der Straße nichts zu suchen«, fuhr Weiß eifrig fort. »Ob angeleint oder nicht. So, wie er da stand, mitten im Wald, hatte er für den Wagen lediglich Hasenstatus. Sie dagegen hatten Menschenstatus. Da fällt die Entscheidung doch leicht, oder?«

Weil ich nichts sagte, legte ihm die Kehrer eine Hand auf die Schulter. »Mag sein, Herr Weiß. Überlassen wir das den Juristen. Sie kommen jetzt mit, wegen unerlaubten Eingriffs in den Straßenverkehr. Wo ist Ihr Testwagen eigentlich?«

»Unten, im LKW«, hörte ich Weiß sagen. Aber da war ich schon im Treppenhaus, stürmte raus aus seinem Büro, aus der ganzen schnieken, eiskalten Zukunft. Im Erdgeschoss holte ich tief Luft. Auch da gab es offene Räume en masse, und hinter der Aufschrift »MediMinds« war jemand am Telefonieren.

»Herzinfarkt, noch ganz frisch?«, rief der Typ. »Dann lass das mal unsere Roboter machen. Der kann doch froh sein, der Patient, dass er der Erste ist, der komplett autonom operiert wird. Ja, die Genehmigung reiche ich nach. Und um die Presse kümmere ich mich auch.«

Ich bekam Gänsehaut.

APRIL

IHR GANZ PRIVATER BREXIT

»Cage«, sagte der Mann, der aussah wie Martin Schulz.

»Ganz klar John Cage. Da kenn ich mich aus.«

Ich hatte keinen blassen Schimmer, was er meinte, also folgte ich seinem Blick. Lindgrün wehten die Fahnen rund um das Rathaus. Auf den Stufen davor stand eine Gruppe dunkelhaariger Männer, Türken vermutlich, deren Münder auf- und zuklappten. Wie Frösche, nur stumm.

»Das ist jetzt modern«, meinte mein Gesprächspartner und wischte sich Cappuccinoschaum von den Lippen.

Ich blinzelte. Was modern war und was nicht, darüber konnte man bekanntlich streiten in diesen Tagen. Bevor die Türken kamen, hatte ein strammer Seniorenchor Volksweisen zum Besten gegeben. Heftig beklatscht von den Marktplatzbesuchern. Was mich betraf, waren mir die stillen Anatolier lieber.

Außerdem hatte ich meine Zeit nicht gestohlen.

»Okay, Mister Brömmel. Wie kann ich Ihnen helfen? Wo drückt der Schuh?«

»Sehr witzig«, sagte er und ließ ein freudloses Lachen hören. Jetzt sah er aus wie Martin Schulz nach der Saarland-Wahl. »Wirklich witzig, dass Sie mich Mister nennen. Aktuell drückt mein Schuh überall. Aber da vor allem: beim Brexit.«

Schweigend nahm ich einen Schluck Kaffee.

»Ich importiere Whisky. Aus Schottland. Super Geschäft – bis zu dem Tag, als die depperten Briten No gesagt haben. Wissen Sie, was da demnächst an Zöllen auf mich zukommt? Meinen Laden kann ich schließen.«

»Die Schotten wollen doch in der EU bleiben.«

»Bei der Abhängigkeit von London? Vergessen Sie's. Aber darum geht es nicht, Herr Koller. Das Problem ist ein anderes.« Er seufzte. »Meine Frau.«

»Verstehe.« Mein Interesse an dem Auftrag sank augenblicklich. Wenn Mister und Misses Brömmel ein Problem miteinander hatten, bedeutete das Nachtschichten, Beweisfotos, Wühlen im Dreck. Wieder einmal. Den Leuten ging es so gut, die waren nur noch zu Ehekrisen fähig. Aus lauter Langeweile! Stand sogar in der Zeitung: Was bereitet den Heidelbergern die größten Sorgen? Der Verkehr, haha.

Mein Blick streifte einen der Programmzettel, die auf den Cafétischen auslagen. Die stummen Türken vorm Rathaus nannten sich »1. Migrantenchor Heidelberg«, und wie die Senioren waren sie Teil des großen Gesinges, das heute über der ganzen Stadt lag.

»Nein, Sie verstehen nicht«, sagte Brömmel, auf dessen Stirn Schweißperlen glitzerten. »In unserer Ehe läuft alles bestens. Lucy will auch nicht mit dem Geld durchbrennen, und seit dem Brexit pfeift sie auf ihre Heimat.«

»Sie ist Britin?«

»Ja. Das mit dem Whiskygeschäft war ihre Idee. Mittlerweile hat sie die doppelte Staatsbürgerschaft.«

»Und wo liegt nun Ihr Problem?«

Brömmel räusperte sich umständlich. Währenddessen bekam der Lautloschor freundlichen Applaus, woraufhin einer der Sänger beziehungsweise Nichtsänger nach vorne trat und sich wortreich bedankte.

»Lucy«, knurrte Brömmel, »will zum Islam übertreten.«

»Oha«, machte ich. Eine Konversion, das war neu. Deshalb warf der Kerl den Türken so finstere Blicke zu.

»Wir sind keine Türken«, rief der Türke in diesem Moment. »Wir sind Kurden. Die türkische Regierung führt Krieg gegen uns. Unsere Familien werden ermordet, unsere Dörfer zerstört. Aber niemand hört uns. Aus diesem Grund singen wir unsere Lieder stumm – weil man uns die Stimme geraubt hat.«

Dem Murren nach zu urteilen, hatten die Zuhörer keine Lust auf Politik. Auch Brömmel winkte ab. »Was soll das? Türken, Kurden – an ihren Allah glauben sie alle.«

»So wie Ihre Frau?«

»Ob sie es wirklich tut, sollen Sie rausfinden. Jedenfalls treibt sie sich dauernd in der Rohrbacher Moschee rum. Schweinefleisch bekomme ich schon lange nicht mehr auf den Tisch.«

»Kopftuch?«

»Immer öfter.«

Drüben vollführten die Kurden wieder ihre Kieferakrobatik. Ich beugte mich über den Tisch und flüsterte Brömmel zu: »Haben Sie Angst, dass Lucy zum IS überläuft? So mit Sprengstoffgürtel und dem Kram?«

»Quatsch, das doch nicht! Sie ist bestimmt bloß auf einem Selbstfindungstrip. Um zu wissen, wie weit der geht, brauche ich Sie.«

»Was wäre so schlimm daran, wenn sie Muslimin würde? Das sind zig Millionen andere auch.«

Er glotzte mich an, als hätte ich behauptet, die Erde sei eine Scheibe. Gleich darauf wurde es laut vorm Rathaus. Die Sangesbrüder streckten Transparente in die Frühlingsluft, auf denen »Freiheit für Kurdistan« stand, »Stoppt Erdoğan« und »Nein zum Präsidialsystem«. Beim Publikum kam das gar nicht gut an, es gab Pfiffe und Buhrufe.

Auch Brömmels Gesicht lief rot an. »Da, sehen Sie! Von wegen Migrantenchor. Die missbrauchen unsere Gastfreundschaft für ihre Politik.« Er zückte ein Handy. »Ich rufe die Polizei.«

»Nun machen Sie mal langsam. Der Spuk ist bestimmt gleich …«

»Ich bin Sponsor des Festivals. Zwar nur ein kleiner, ich verdiene ja nicht das 190-Fache meiner Angestellten, aber immerhin. Da lasse ich es nicht zu, dass diese Brüder hier Politik machen. Außerdem ist so was verboten.«

Er wies auf ein Plakat, das PKK-Führer Öcalan zeigte. Dann wandte er sich ab, um zu telefonieren. Nachdenklich trank ich meinen Kaffee aus. Gesungen – oder so getan als ob – wurde mittlerweile nicht mehr. Die Kurden beschimpften Erdoğan als Mörder und Faschisten, einzelne Zuhörer hielten dagegen, sie sollten sich nach Hause scheren, zu den anderen Terroristen.

»Das kann dauern, bis die anrücken«, brummte Brömmel und steckte sein Handy ein. »Geht ja neuerdings alles über Mannheim.«

Ich schwieg. Armes Brömmelchen. Was dem Kerl nicht alles zu schaffen machte: erst der Brexit, dann der Islam, jetzt die Polizeireform. Und ich? Ich hatte Geld zu verdienen! Aber bevor ich ihn wieder in die Spur bringen konnte, brach vorm Rathaus das Chaos aus. Wie aus dem Nichts tauchte eine Handvoll junger Kerle auf und stürzte sich auf die Kurden. Von beiden Seiten setzte es Prügel. Die Angreifer sahen genauso türkisch aus wie die Attackierten, aber wenn sie »Erdoğan« brüllten, klang das eher nach einem Schlachtruf. Die Umstehenden flüchteten, jedenfalls die meisten. Ein paar nutzten die Gelegenheit, um mitzumischen; auf welcher Seite, war schwer zu entscheiden. Lindgrün wehten die Fahnen.

Brömmel erhob sich langsam. »Die machen mir mein Festival kaputt«, flüsterte er entgeistert. »Meine Musik!«

Ich stand ebenfalls auf. Meine Toleranz gegenüber Mitbürgern nichtdeutscher Herkunft war vermutlich eine Spur größer als die von Mister Brömmel – auch wenn ich mir nicht vorstellen konnte, eine Britin zu ehelichen, aber das ist ein anderes Thema –, trotzdem fand ich es ungehörig, wie sich diese Krawallbrüder durch unser Touristenpanorama prügelten. Was sollte ich tun? Eingreifen? Auf die Polizei warten, die dank Brömmel im Anmarsch war?

»Tun Sie was, Koller!«, zischte mir der Whiskyimporteur zu.

»Wenn Sie mitkommen, ja.« Die Martin-Schulz-Kopie brachte bestimmt 90 Kilo auf die Waage. Aber den Ausschlag gaben schließlich drei Mitarbeiter des Festivals, die zum Wohl der Kunst herbeieilten, um die Streithähne zu trennen. So richtige Kulturhühnchen waren das, da durfte unsereins nicht kneifen. Ich stürmte also los und packte zwei, die sich ineinander verkeilt hatten. Auch mein Auftraggeber warf sich ins Getümmel.

»Aufhören!«, schrie ich. »Nicht hier! Lasst das!«

Tatsächlich gelang es mir, die Kontrahenten zu trennen. Beide warfen mir wütende Blicke zu, mehr nicht. Ich war kein Gegner für sie. Trotzdem rauschte gleich darauf eine Faust knapp an meinem Ohr vorbei. Dann bekam ich das Öcalan-Porträt ins Gesicht und geriet ins Straucheln. Um mich herum wurde gebrüllt, geknufft, getreten. Brömmel hatte einen Dunkelhaarigen bei den Schultern gepackt und schüttelte ihn. Ich wollte gerade den nächsten Teil meiner Friedensmission antreten, als mich der eine Festivalmitarbeiter über den Haufen rannte. Ich ging zu Boden und sah Sterne. Sterne mitten im Heidelberger Frühling!

Dann hörte ich einen Schuss.

Gleich danach war es sehr still auf dem Marktplatz. Aber nur kurz. Nach einer Schrecksekunde, in der alles den Atem anhielt, ging es los mit der Schreierei, mit dem Rufen und Zeigen und Glotzen. Auf dem Pflaster lag ein Mann und rührte sich nicht.

»Was ist denn jetzt los?«, hörte ich Brömmel keuchen. »Was machen die?«

Während alles von dem Liegenden wegstrebte, wagte es der Whiskymann als Einziger, sich ihm zu nähern. Und ich natürlich, aber ich musste erst noch den Typen, der mich umgerannt hatte, loswerden. Als ich bei dem Angeschossenen eintraf, hatte Brömmel ihn schon umgedreht, sodass man den Blutfleck sah, der sich auf seiner Brust ausbreitete.

»Ist er …«, stammelte Brömmel. »Ist er …?«

Ich prüfte den Puls des Mannes. Nichts. Mir wurde eiskalt. Langsam stand ich auf und sah mich um. Geschockte Gesichter überall. Von den Kurden und ihren Angreifern keine Spur mehr, die hatten komplett das Weite gesucht. Durchatmen.

»Scheiß Politik«, flüsterte Brömmel, als ich mich wieder neben ihm und dem Toten niederließ. »Diese verdammte Politik.«

Gemeinsam warteten wir, bis wir in der Ferne ein Martinshorn hörten. Dann stand Brömmel auf. »Ich muss mir die Hände waschen«, sagte er. Seine Jacke war blutverschmiert.

Ich sah ihm nach, wie er in der nächsten Kneipe verschwand. Dann hörte ich ein Handy klingeln. Es kam aus der Hosentasche des Toten. Noch war die Polizei nicht da. Ich griff dem Mann in die Tasche und zog das Handy heraus.

Auf dem Display leuchtete eine Meldung auf: »3 neue Nachrichten von Lucy«.

»Cage«, sagte ich. »Ganz klar John Cage. Da kenn ich mich aus.«

Die Abendsonne warf lange Schatten über den Uniplatz. Vor der Alten Aula nahm ein Kinderchor Ovationen entgegen. 500 Meter Luftlinie entfernt, auf dem Marktplatz, war noch immer alles abgesperrt. Dort verspürte niemand Lust zum Singen.

Kommissarin Kehrer runzelte die Stirn. »War das nicht der Jäger aus Kurpfalz? Egal, jedenfalls danken wir Ihnen für die präzisen Hinweise auf den Täter.«

»Hat er gestanden?«

»Er behauptet, der Schuss hätte sich versehentlich gelöst. Wir haben ihn am Neckar erwischt, als er Waffe und Jacke entsorgen wollte. Im Innenfutter der Jacke ist ein Loch. Er muss aus der Tasche heraus gefeuert haben. Deshalb hat auch keiner gesehen, wie der Schuss abgegeben wurde.«

»Und alle hielten die Türken für die Mörder.«

Die Kehrer tätschelte mir die Hand. »Wir hätten ihn schon noch erwischt, keine Sorge, Herr Koller. Aber so ging es natürlich schneller. Wie kamen Sie eigentlich auf Brömmel?«

»Der Brexit«, sagte ich achselzuckend.

»Muss ich das verstehen?«

Ich legte das Handy des Toten auf den Tisch und zeigte ihr die Meldung. Mittlerweile waren es sieben neue Nachrichten.

»Lucy? Wer ist das?«

»Brömmels Frau. Sie wollte ihn verlassen. Ihr ganz privater Brexit. Brömmel erzählte was von Konversion, aber das war nur, um mich auf eine falsche Fährte zu locken. Er wusste ganz genau, dass zwischen ihr und dem jungen Kurden etwas lief. Es war Mord. Gezielter Mord.«

»Warum traf er sich überhaupt mit Ihnen?«

»Ein Ablenkungsmanöver. Im Falle eines Falles sollte ich bezeugen, dass er von der Affäre seiner Frau keine Ahnung hatte. Bestimmt hat er Lucy und ihrem Lover schon länger nachgespürt. Dabei muss er von dem Auftritt erfahren haben, und ich wette, dass er es war, der die militanten Erdoğan-Anhänger informiert hat. Er konnte damit rechnen, dass es zur Keilerei kommt, musste sich nur noch ins Getümmel stürzen und einen günstigen Moment abpassen. Dieses Geflenne wegen seines Festivals und des Whiskys – pure Show.«

»Und das Handy des Opfers?«

»Zufällig gefunden, pflichtbewusst der Polizei übergeben.«

»Stunden später!«

»Was ist schon Zeit, Frau Kehrer? Der tote Kurde hat keine mehr, Lucy viel zu viel davon. Und Brömmel jetzt auch.«

»Sie sind ja ein Philosoph, Koller.«

Ich nickte, setzte mein Bier an und kippte es in einem Zug hinunter. Eben verschwand der Kinderchor in der Neuen Aula zum großen Abschlusskonzert.

Die Kehrer legte mir eine Hand auf den Unterarm. »Wie heißt es so schön? Wo man singt, da lass dich nieder, böse Menschen …«

»Stopp«, unterbrach ich sie heftig und schüttelte ihre Hand ab. »Ich kenne auch keine Lieder.«

MAI

LAST EXIT PFAFFENGRUND

Es gab Wachteln mit Feigensoße, dazu Kurpfälzer Spargel. Der Wein hatte 50 Euro gekostet und war bio. Als der Anruf kam, atmete ich auf. Es war ein Fehler gewesen, meine Ex zu dieser Einladung zu begleiten. Ihr Chef machte anzügliche Witze, seine Frau war eine Schreckschraube, ihre Sprösslinge hatten sich längst an den PC zurückgezogen.

»Sorry«, sagte ich und stand auf. »Ist wichtig.« Auf meinem Handy blinkte das Wort »Bullerei«.

Ich verzog mich in den Flur, um das Gespräch entgegenzunehmen. Oben bei den Jungs wurde ein neuer Highscore bejubelt.

Als ich zurückkam, warf mir Christine einen finsteren Blick zu. Wie würde sie erst gucken, wenn ich sie allein in dieser Smalltalkhölle zurückließ?

»Ich muss zum Oberbürgermeister«, sagte ich. »Jetzt, sofort.«

Unserem Gastgeber klappte die Kinnlade nach unten. »Sie müssen was?« Seine Achtung vor mir stieg ins Unermessliche.

»Red kein Blech«, schimpfte meine Ex.

»Stimmt leider. Es gibt einen Notfall in der Stadt. Die Polizei braucht mich.«

»Wieso dich?«

»Wenn ich das wüsste.« Ich war schon an der Tür. »Tut mir leid. Und danke für alles. Krasser Wein, echt.« Umbrandet vom nächsten Highscoregeschrei flüchtete ich ins Freie.

Kommissarin Kehrer erwartete mich im Rathausfoyer. Sie sah blass aus. Auf dem Weg in den Sitzungssaal flüsterte sie mir zu, der Verteidigungsfall sei eingetreten.

»Welcher Verteidigungsfall?«

»Lachen Sie nicht: Wir sollen angegriffen werden.«

Ich lachte nicht, denn im nächsten Moment stoppte mich ein Securitymensch und begrapschte mich von oben bis unten. Erst danach durften wir eintreten. Der Sitzungssaal dampfte vor Erregung. Ich erkannte den Oberbürgermeister, Gemeinderäte in hektischer Diskussion, dazu Typen in Uniform, Leute vom THW, DRK, von der Feuerwehr. Auf einer Riesenleinwand lief ein Newsticker neben Bildern von CNN und ständig wechselnden Internetseiten. Man sah Truppenaufmärsche und Paraden, ein Flugzeugträger pflügte durchs Meer.

»Was heißt das, wir werden angegriffen?«, fragte ich die Kehrer.

»Warten Sie's ab.«

Gleich darauf ruderte ein Typ, der seitlich vor einer Batterie von Laptops saß, hektisch mit den Armen. Alles nahm Platz, oben auf der Leinwand erschien ein Anzugträger, der sich hinter einem Rednerpult aufbaute. Zu beiden Seiten des Pults wehte das Sternenbanner.

»Sehr geehrter Herr Oberbürgermeister, sehr geehrte Gemeinderäte«, begann der Mensch in fast akzentfreiem Deutsch, »im Auftrag meines Präsidenten muss ich Ihnen mitteilen, dass wir über bestimmte Vorfälle in Ihrer Stadt sehr beunruhigt sind.«

»Was für Vorfälle?«, rief jemand.

»Er meint bestimmt die Abiturfeiern«, raunte ich der Kommissarin zu. Die reagierte nicht mal.

»Auf Heidelberger Territorium wurde soeben eine Kurzstreckenrakete gezündet. Eine Rakete nordkoreanischer Abstammung. Auch wenn sie kurz nach dem Start explodiert ist, können wir diese Provokation nicht ungesühnt lassen.«

Großer Aufruhr, Protest von allen Seiten, Gelächter. Der OB versuchte sich Gehör zu verschaffen.

»Wir raten Ihnen dringend«, fuhr der Anzugtyp fort, »mit uns zu kooperieren. Einer unserer Flugzeugträger ist bereits auf dem Weg in die Nordsee.«

Jetzt wurde es noch lauter im Saal. Die Kehrer und ich wechselten Blicke. Vorne setzte der OB zu einer Gegenrede an, doch da erschien über uns eine Twitter-Nachricht.

We're sending an armada. @realDonaldTrump

Ich schickte Christine eine SMS: »Könnte später werden.« Dann fragte ich die Kommissarin, was sie sich von meiner Anwesenheit versprach.

»Finden Sie raus, was es mit dieser Nordkorea-Sache auf sich hat.«

»Sie glauben den Schwachsinn?«

»Vielleicht ein überdimensionierter Erster-Mai-Böller. Durchgeknallte Linksradikale. Hier wird doch dauernd gezündelt.«

Ich tippte mir an die Stirn. Vorne erklärte der OB dem US-Botschafter, es müsse sich um einen Irrtum handeln, ein Missverständnis, er werde …

»Wir haben Beweise«, unterbrach der Typ.

»Aber Sie können doch keinen Verbündeten angreifen. Wir sind Nato-Partner, schon vergessen?«

»Ein Partner, der seinen Bündnisverpflichtungen nicht nachgekommen ist, schon vergessen?«

Heidelberg is playing with fire, blinkte es über uns.

»Und unsere gemeinsamen Werte, was ist mit denen?«

»Wenn ich mir Ihren Exportüberschuss anschaue, bleibt von gemeinsamen Werten wenig übrig.«

Buy american, hire american.

Der OB schüttelte verzweifelt den Kopf. »Aber das hier ist Heidelberg, verstehen Sie? Nicht Nordkorea oder der Iran. Heidelberg!«

Der Botschafter schnippte mit den Fingern. Hinter seinem Rücken wurden Bilder eingeblendet. Sie zeigten Heidelberger Straßenszenen, und irgendwie hatten verdammt viele Leute asiatisches oder südamerikanisches Aussehen.

People pouring in. Bad!

»Wir sind eben eine weltoffene Stadt«, rief der OB.

»So offen, dass auf der Neckarwiese der Drogenhandel floriert«, kam es von oben. »Patrick-Henry-Village:

Hotspot für potenzielle Terroristen. Jedem aufrechten Amerikaner tut es in der Seele weh, wenn er sieht, wie Sie mit den Wohnungen unserer Army umgehen.« Das nächste Foto zeigte eine Kasernenruine in der Südstadt. Der Bagger, der auf dem Schuttberg thronte, war made in China. Zum Abschluss gab es ein Landschaftsbild: schwarze Türme vor rosarotem Abendhimmel.

»Das ist Ludwigshafen«, rief ein Schnellmerker. »Die BASF!«

»Wird in der Nachbarschaft Sarin produziert?«, sagte der Botschafter. »Glauben Sie mir, unsere Geheimdienste sind wachsam.«

All these beautiful babies, twitterte Trump.

»Wir müssen etwas tun.« Die Kommissarin ballte die Faust. »Sie haben doch sonst immer eine Idee, Koller!«

»Gibt es nordkoreanische Studenten an der Uni?«

»Denke schon.«

»Verhaften und ausliefern. Mehr fällt mir nicht ein.«

Der US-Botschafter war mittlerweile vom deutschen Kanzleramtsminister abgelöst worden. Der sprach ebenfalls ziemlich akzentfrei. Er versicherte den Heidelbergern seine totale Solidarität, räumte aber gleichzeitig ein, dass die Stadt in den letzten Monaten immer wieder für Empörung bei der Trump-Administration gesorgt habe.

»Denken Sie an die Clinton-Begeisterung im DAI! Die aggressive Einkaufspolitik Ihrer Konzerne in den USA. Grassierender Antiamerikanismus unter den Studierenden. Warum hat Heidelberg keine Partnerstadt in den Staaten? Dafür in Russland und Fernost!«

»In Japan, Herr Minister. Japan ist nicht Nordkorea.«

»Erklären Sie das mal Trump, Herr Oberbürgermeister. Übrigens: Sie sind Präsident der Energy Cities. Oberster Klimawandelpropagandist sozusagen. Glauben Sie, so was kommt gut?«

»Was schlagen Sie vor?«

»Deeskalation. Haben Sie keinen versöhnlichen Imagefilm über Heidelberg, den Sie den Amis zeigen können?«

»Haben wir, haben wir«, nickte der OB eifrig. »Mit Bildern vom deutsch-amerikanischen Freundschaftsfest!«

»Existiert das noch?«, flüsterte ich der Kehrer zu, aber die hatte natürlich keine Ahnung.

Und schon spielte ein patenter OB-Mitarbeiter Bilder des Stadtmarketings ein: Schloss, Alte Brücke, Uni. Hübsch! Dann die Chirurgie im Neuenheimer Feld, vor der eine Gruppe von Patientinnen stand. Vollverschleiert.

»Na ja«, sagte der Kanzleramtsminister.

Jemand schlug vor, den Ort zu wechseln. Im Bunker des ehemaligen Nato-Hauptquartiers sei man sicherer. Wegen der Flugzeugträger und so. Ein Gemeinderat begann, Getränke zu horten. Der OB schwitzte wie sonst nur beim Halbmarathon. Immer neue Trump-Tweets gingen ein: *Our country needs leadership now …*

expand our nuclear capability ... Heidelberg is a problem. The problem will be taken care of.

Auch die US-Medien bekamen Wind von der Sache. Die seriöseren zählten auf, wie oft US-Soldaten in Heidelberg Ziel von Anschlägen geworden waren. Die weniger seriösen berichteten vom March for Science (»Anti-Trump«), vom Theaterfestival »Adelante« (»Anti-USA«) und diversen Friedensdemos (»Anti-anti-IS«). Auf Breitbart-News wurde eine Touristin mit den Worten zitiert, in Heidelberger Bäckereien sei es geradezu ein Volkssport, Amerikaner zu essen. Den Recherche-Vogel aber schoss ein Investigativjournalist mit einem Bericht aus Eppelheim ab: Dort gebe es einen Zaun, eine regelrechte Demarkationslinie, die Nordeppelheim von Südeppelheim trenne und deren Überschreiten bei Todesstrafe verboten sei.

»Wir müssen etwas tun«, raunte ich der Kommissarin zu.

»Sag ich doch!«, zischte sie.

Auf der Leinwand über uns rauschte wieder der Flugzeugträger vorbei. Die Flecken Land, die man im Hintergrund sah, ähnelten zwar eher dem Great Barrier Reef, aber sicher war ich mir nicht. Eine SMS von Christine: »Was ist los, Max? Warum heulen die Sirenen? Bist du zum Dessert zurück?« Ich antwortete nicht.

Jetzt wieder der US-Botschafter. Die Behauptung des OB, den angeblichen Raketenstart habe es nie gegeben, jedenfalls nicht auf Heidelberger Gemarkung, wischte er kühl beiseite.

»Wir haben Aufnahmen davon.«

»Zeigen Sie sie uns!«

Achselzucken. Im nächsten Moment kam eine Asphaltpiste in Sicht. Es war die alte US-Landebahn drüben im Pfaffengrund. Und dort stand doch tatsächlich ein Militärlaster mit einer Rakete huckepack. Ich will nicht respektlos sein, aber sie sah aus wie Kurpfälzer Spargel, grün. Ein Raunen lief durch den Sitzungssaal. Auf der Rakete waren koreanische Schriftzeichen angebracht und eine blaurote Flagge mit Stern. Soldaten wuselten um das Ding herum, dann verschwanden sie, aus dem Ende der Rakete loderte Feuer, und zack, schon hob sie ab. Sie befand sich genau über der Bahnstadt, als sie explodierte. Ihre Trümmer flogen nach allen Seiten.

»Das gibt's doch nicht«, hörte ich die Kehrer neben mir flüstern. Die Gemeinderäte waren wie versteinert.

»Aufnahmen, die heute Abend ins Darknet gestellt wurden«, erklärte der Botschafter aus dem Off. »Aufgespürt von der NSA. Noch Fragen?«

Stille im Saal. Dann meldete ich mich.

»Was ist das dort rechts oben für eine Zahl?« Auch wenn ich kein Teenager mehr bin: Auf meine Augen kann ich mich verlassen. In einer Ecke des Films war deutlich zu lesen: 33.287.

»Koreanischer Geheimcode«, meinte der Ami. »Noch nicht entschlüsselt.«

»Und wenn es ein Highscore ist?«

»Wir können weitertrinken«, sagte ich und nahm die 50-Euro-Bottle vom Tisch. Christines Chef und seine Frau glotzten dämlich, aber weniger dämlich als meine Ex.

»Wie?«, stammelte sie. »Was? Spinnst du?«

»Ich hab eben die Welt gerettet. Beziehungsweise Heidelberg, aber das ist ja das Gleiche. Wenn ihr Einzelheiten wissen wollt, kommt mit nach oben.«

Zu viert betraten wir das Zimmer, in dem die Söhne des Hauses sich am PC vergnügten. Eine Lernsoftware Latein, ach nee.

»Und was habt ihr eben gespielt, ihr Gurken?«, fuhr ich die beiden an. Erst machten sie einen auf ultracool – aber nur, bis ich ihnen das Wort »Nordkorea« um die Ohren pfefferte. Da wurden sie kleinlaut und kehrten zu dem Programm zurück, das sie bei unserem Eintritt geschlossen hatten.

»Red Kim Bomber«, las ihr Vater fassungslos. »Mit so was vertreibt ihr euch die Zeit?«

»Schämt euch!«, rief die Mutter. Sie war wirklich eine Schreckschraube.

Ich entkorkte die Flasche. »Wahrscheinlich seid ihr noch stolz, dass ihr heute den Highscore geknackt habt.«

Der eine nickte automatisch und bekam einen Rippenstoß.

»Und warum habt ihr ausgerechnet Heidelberg als Schauplatz für euer Geballer gewählt?«

»Weil … ist doch cool, Alter, so vor der Haustür.«

Darauf einen Schluck. »Und dann mit gehackter koreanischer Adresse ins Netz stellen, ja?«

»Kam gut«, grinsten die Helden.

»Ja, kam verdammt gut. Draußen steht die Polizei und verlangt eine Erklärung für das Gedaddel. Vielleicht lest ihr euch mal Trumps neueste Twitter-Nachrichten durch.«

Noch ein Schluck, dann war die Flasche leer. Ich drückte sie Christine in die Hand. Beim Hinausgehen warf ich einen letzten Blick auf den Bildschirm.

Look, what is happening all over Europe, stand dort. *A horrible mess!*

JUNI

DER SPIESSER

Ein Tropfen Wasser löste sich in Zeitlupe vom Hahn, wurde runder und runder … und fiel schließlich in die Tiefe. Gleichzeitig läutete es an der Wohnungstür. Ich wartete auf den nächsten Tropfen, sah ihn wachsen, zittern, fallen. Wunderbar.

Wenn es nach mir gegangen wäre, hätte ich noch ewig zuschauen können.

Aber es ging nicht nach mir. Die Badtür wurde aufgerissen, zwei Frauen traten ein. Die eine Frau war meine Ex, Christine. Die andere – ach du Schande! Das war ja die Dings, wie hieß sie noch, Melanie, genau, mit der ich vor zig Jahren mal fast etwas … So wie ich jetzt vor Schreck fast aus der Badewanne hüpfte.

»Melanie!«, stotterte ich.

»Hallo, Max!«

Christine lüpfte eine Braue. »Man kennt sich also.«

»Ich brauche deine Hilfe«, sagte die Besucherin und kam näher. Vergeblich suchte ich Schutz hinterm Badeschaum. »René ist verschwunden. Ich fürchte, er wurde entführt.«

»René«, nickte ich. Pure Show, dieses Nicken! Ich hatte keinen blassen Schimmer, um wen oder was es sich bei diesem René handelte. Hund, Meerschwein, Gatte?

»Bitte, Max, kannst du kommen?«, fragte Melanie mit flehendem Augenaufschlag. »Jetzt gleich?«

Ich seufzte. Dieses Geklimper hatte mich schon damals Dinge tun lassen, die ich sonst nicht tat. Egal, man ist ja kein Unmensch. Und den Tropfen konnte ich auch morgen noch zuschauen.

»Handtuch, die Damen«, sagte ich und schnippte mit den Fingern.

Melanie und René wohnten draußen in Wieblingen, nicht weit vom Neckar. Er war tatsächlich ihr Mann, einen Hund hatten sie nicht. Der hätte eventuell gebellt, als Renés Fahrrad umstürzte, als seine Gepäcktasche aufging und seine Thermoskanne zerbrach. Ich stand mit Melanie im Hof hinter ihrem Haus, zu unseren Füßen das Rad, die Gepäcktasche, der dunkle Fleck ausgelaufenen Kaffees.

»Er fuhr mit dem Rad zur Arbeit?«, fragte ich.

»Immer. Ist ja ein Katzensprung von hier nach Bergheim.«

»Und du hast nichts mitbekommen heute Morgen?«

»Wenn ich Frühschicht habe, gehe ich vor ihm aus dem Haus. Als ich zurückkam, sah ich sein Fahrrad hier liegen.«

Ich kratzte mir etwas Badeschaum aus dem Ohr. »Sieht nicht gut aus, Melanie.«

Sie schluckte. »Das war Rache, Max.«

»Rache? Wofür?«

»Hier, das steckte vor ein paar Tagen in unserem Briefkasten.« Sie reichte mir einen Zettel, auf dem in Großbuchstaben »VERRÄTER!« stand. Und: »DAFÜR WIRST DU BÜSEN.«

»Busen oder büßen?«, fragte ich.

»Das ist nicht lustig!«

Ich zuckte mit den Achseln. Okay, dann halt nicht. Garantiert spaßfrei war das Logo unter der Botschaft, es stammte von irgendwelchen Ultra Supportern eines hiesigen Fußballclubs.

»Die haben René wegen dieser Legionellengeschichte auf dem Kieker«, erklärte Melanie. »René ist superkorrekt, weißt du, total gewissenhaft. Dauernd untersucht er das Wasser in der Region auf Sauberkeit, freiwillig, er müsste das ja gar nicht.«

»Wo arbeitet er noch mal?«

»Beim Wasser- und Schifffahrtsamt. Dort hat er auch das Zubehör für seine Stichproben. Freunde macht er sich damit natürlich keine, in den Schwimmbädern fürchten sie ihn regelrecht. Hinter Ziegelhausen gibt es doch diesen Brunnen, an dem so viele ihr Wasser zapfen. Da hat er mal Keime nachgewiesen. Die Leute hätten ihn fast verprügelt.«

»Verstehe.« So einen Besserwisser hätte ich vermutlich auch vom Rad geholt. Und ausgerechnet den hatte sich Melanie angelacht! »Aber was hat das mit Fußballfans zu tun?«

»Erinnerst du dich an die Meldungen über Legionellen in den Stadien von Hoffenheim und Sandhausen? Es war René, der die ARD-Reporter mit seinen Proben auf die Spur brachte. Angeblich bereiten jetzt mehrere Vereine Klagen vor, weil sie nach Auswärtsspielen mysteriöse Krankheitsfälle hatten. Da geht es um Geld, Max, um Punktabzüge und Lizenzentzug. Am Ende wird die gesamte Bundesligasaison annulliert.«

»Was legt sich dein Mann auch mit König Fußball an? Das kann nur böse ausgehen.«

Melanie zupfte an ihrer Bluse herum. »Und ich dachte, du würdest mir helfen.«

»Lass uns die Polizei rufen«, knurrte ich.

»Es sieht in der Tat nach einer Entführung aus.« Kommissarin Kehrer tätschelte Melanie die Schulter. »Aber keine Sorge, Sie kriegen Ihren Mann heil zurück. Wir werden alles Menschenmögliche veranlassen.«

»Ich kann mir nicht vorstellen, dass Fans dahinterstecken«, sagte ich. »Die polieren dir die Fresse, okay. Aber Entführung? Viel zu anspruchsvoll.«

»Wer dann?«, rief Melanie.

»Scheint so, als hätte sich dein René ziemlich missliebig gemacht. Vielleicht hat er noch weitere Brunnen untersucht. Oder ein Bademeister ist durchgedreht. Am Ende war er einer wirklich heißen Sache auf der Spur.«

»Gab es Ärger in den letzten Wochen?«, fragte die Kehrer. »Hat er Ihnen nichts erzählt?«

Melanie schüttelte den Kopf. »Nur der Dauerstreit um die vierte Turbine im Neckarkraftwerk. Der Betreiber macht Druck, und René will die Genehmigung nicht erteilen. Aber das ist ein alter Hut.«

»Immerhin«, murmelte die Kehrer. Dann klingelte das Telefon.

Melanie griff zum Hörer. »Ja?« Wir sahen, wie sie blass wurde. »Aber«, stammelte sie, »was hat mein Mann damit ... Wie geht es ihm? Sie dürfen ihm nichts tun! Ich will ihn ...«

»Was ist?«, zischte die Kommissarin, als Melanie nicht weitersprach. »Wer war das?«

»Sie haben René«, hauchte Melanie.

»Wer?«

»Eine Umweltgruppe. Kraichgau-Piraten oder so was.« Schluchzend vergrub sie ihr Gesicht an meiner Brust. »Sie wollen zehn Prozent von dem Geld, das der EnBW wegen der Atomsteuer zusteht.«

»Zehn Prozent?«, rief die Kehrer. »Von der Brenn-elementesteuer? Das wären mindestens 10 Millionen Euro!«

»Andernfalls stirbt er«, heulte es an meiner Brust. Mein Hemd wurde feucht. Dabei hatte ich doch schon gebadet.

Im Grunde war ich damit raus aus dem Fall. Entführungen gingen mich nichts an, erst recht nicht, wenn solche Summen im Spiel waren. Blieb nur die Rolle des stillen Beobachters. Von fern sah ich zu, wie die komplette Anti-Atomkraft-Szene im Südwesten auf den Kopf gestellt wurde – ohne Ergebnis. Die Chefs der großen Energiekonzerne erinnerten an ihre systemrelevante gesellschaftliche Verantwortung, was wohl hieß: Keinen Cent rücken wir raus. Überall wurde diskutiert, wie weit man gehen dürfe, für die Umwelt, die Zukunft, für sich selbst.

Am Abend des zweiten Tages saß ich bei Melanie auf dem Sofa und betrachtete Fotos von René.

»Er war immer so stark«, seufzte Melanie und wischte sich eine Träne aus dem Auge. »So konsequent.«

So spießig, fügte ich im Geiste an. Ihr René trug bevorzugt Cordhosen in Beige und überlange Krawatten. Aber was konnte ich Melanie Tröstliches sagen?

»Das waren keine Atomkraftgegner«, behauptete ich. »Bloß Trittbrettfahrer, die ans große Geld wollen und auf die Umweltkarte setzen.«

»Aber warum dann René? Gerade er hat sich doch mit den Konzernen angelegt!«

Bevor ich antworten konnte, hörten wir Geräusche draußen. Das Drehen eines Schlüssels, Schritte im Flur. Dann trat er ein. Der Gesuchte höchstpersönlich.

»René!«, schrie Melanie und schoss aus dem Sofa.

Ich warf einen Blick auf die Fotos. Er war es wirklich. Bisschen zerbeult im Gesicht, Haare und Kleider unordentlich, aber mit Krawatte. René!

Die folgende Wiedersehens-Kuss-Orgie übergehen wir. Irgendetwas fand Melanie tatsächlich an dem Spießer. Dann: das Fragegewitter. Wie es ihm gehe, wo er herkomme, wer seine Peiniger gewesen seien und so weiter. Ich informierte die Kehrer. Ein Psychologe rückte an, ein Arzt, die Staatsanwaltschaft kam und der ganze Kladderadatsch.

»Mir geht's gut«, wiederholte René ein ums andere Mal. Er sah müde aus. »Sie sagten, sie hätten jetzt, was sie wollten, und ließen mich frei.«

Sonst war ihm nicht viel zu entlocken. Die Entführer maskiert; er Sack überm Kopf; Kommunikation auf ein Minimum beschränkt; keine Angaben zum Versteck möglich.

»Das glaube ich einfach nicht!«, fluchte die Kehrer.

»Vielleicht waren es doch die Ziegelhäuser«, sagte ich. »Der Brunnen im Wald ist wirklich begehrt. An heißen Tagen stehen da …«

»Ach, hören Sie auf!«

Na schön, hörte ich eben auf. Insgeheim beschloss ich, mich in der Stadt zu erkundigen, wem der Schlipsträger René so alles auf den Schlips getreten war. Als ich mich verabschiedete, hielt er mich auf.

»Danke, dass Sie sich um meine Frau gekümmert haben«, sagte er.

»Keine Ursache.« Ich schüttelte ihm die Hand.

Auch der folgende Tag brachte kein Licht in die Angelegenheit. EnBW und Konsorten dementierten, das Lösegeld bezahlt zu haben. Umweltverbände distanzierten sich. Im Wasser- und Schifffahrtsamt war man froh, einen so verdienten und wichtigen Mitarbeiter heil zurückbekommen zu haben. Bei den Absteigern aus 1. und 2. Bundesliga gaben sich Rechtsanwälte die Klinke in die Hand. In Ziegelhausen wurde der letzte Tropfen Wasser aus dem Berg gezapft.

Und ich lag mal wieder in der Badewanne, als der Anruf kam.

»Max!«, kreischte Melanie. »René will sich umbringen!«

Nur halb abgetrocknet, aber wenigstens vollständig angezogen raste ich zum Neckar. Am Wehr, hatte Melanie gesagt, und tatsächlich: Da stand er, René, auf dem Geländer des alten Wehrstegs, nur einen Steinwurf von seiner Arbeitsstelle entfernt. Er klammerte sich an einen Stahlpfosten, unter ihm rauschte das Wasser. Eine tiefgoldene Abendsonne tauchte die Szene in unwirkliches Licht.

»He, René!«, brüllte ich und schob die Gaffer, die sich auf dem Steg befanden, zur Seite. »Das kannst du Melanie nicht antun. Wir finden eine Lösung, versprochen. Nur komm da runter!«

Traurig schaute René über den Neckar. »Alle sind gegen mich«, sagte er so leise, dass ich ihn kaum verstand. »Alle. Dabei wollte ich immer nur das Beste. Sauberes Wasser. Eine gesunde Umwelt. Einen Fluss, der für jeden da ist.«

»Das wissen wir, René. Und das werden die Leute auch kapieren, glaub mir.«

Er warf mir einen kurzen Seitenblick zu. »Du meinst die Leute, die mich beschimpfen wegen meiner Untersuchungen? Die mir Hassmails schreiben? Reeder, die mich bestechen, Energieversorger, die über meine Vorgesetzten Druck ausüben – meinst du die?«

»René, du hattest eine schwere Zeit, aber das kriegen wir hin.«

»Zu spät.« Er seufzte. »Zu spät, Max. Ich bin ein Verräter.«

»Soll ich die Polizei rufen?«, mischte sich einer der Augenzeugen ein. Ich nahm ihm das Handy weg.

»Ein Verräter bin ich«, wiederholte René.

»Scheiß auf die Fußballfans!«, rief ich, doch er schüttelte nur den Kopf.

»Es ging nicht um Fußball. Es ging auch nicht um Geld. Sie wollten von mir den Termin wissen.«

»Welchen Termin?«

»Den Castor-Transport.« Tränen liefen René über die Wangen, als er Richtung Osten blickte. »Diesmal findet er per Schiff statt, von Obrigheim nach Kornwestheim. Der Termin ist natürlich streng geheim, aus Sicherheitsgründen, aber ich kenne ihn. Mein Amt ist für die Sperrungen zuständig, die Schleusen, den Informationsfluss. Deshalb haben sie mich entführt.«

»Wer, René, wer?«

»Keine Ahnung. Umweltschützer, Kriminelle, Terroristen – ich weiß es nicht. Ich weiß nur, dass ich meinen Fluss verraten habe und für die Folgen verantwortlich bin.« Er wandte sich zu mir. »Das Waterboarding habe ich nicht ausgehalten. Damit haben sie mich weichgekriegt.«

»Aber deswegen musst du noch lange nicht …«

»Doch, Max. Doch. Wir kommen aus dem Wasser, und wir gehen ins Wasser. Grüß Melanie von mir.«

»Nein!«, schrie ich und stürzte zu ihm hin.

Da war er schon gesprungen.

Tja, was soll ich sagen. Hinterher glaubt es mir wieder keiner. Aber es war nun einmal so, dass René, anstatt ins Wasser zu plumpsen, an irgendetwas hängen blieb und außen gegen den Wehrsteg dotzte. Dort baumelte er nun. Ich lehnte mich über das Geländer und bekam ihn zu fassen. Seine Krawatte hatte sich um einen abstehenden Stahlstift gewickelt. Er röchelte zum Gotterbarmen. Mit der Hilfe herbeieilender Gaffer zerrte ich ihn über das Geländer. Am Ende lag René auf dem Wehrsteg und schnappte nach Luft. Wie ein Fisch auf dem Trockenen.

Er war wirklich ein Spießer.

Aber seine Krawatten hielten was aus.

JULI

HOMO HEIDELBERGENSIS

Es war heiß auf dem Marktplatz. Heiß wie in einer Stierkampfarena. Unter meinen Achseln hatten sich große Schweißflecken gebildet. Wie das so ist, wenn man eine Stunde für nix in der Sonne wartet. Christine hatte es gut, die stand irgendwo weiter weg im Schatten. Wir Auserwählten dagegen durften uns nicht von der Stelle rühren, Anweisung von ganz oben.

Endlich tat sich etwas vor dem Rathauseingang. Es wurde auch Zeit!

»Ladies and Gentlemen ...«

Ich nahm Haltung an.

»Heißen Sie mit uns willkommen: die Herzogin und den Herzog von Cambridge!«

Jetzt ging das Hälserecken los. Kate & William in der Kurpfalz – seit Wochen gab es kein anderes Thema. Auch wenn ihr Besuch höchstens ein Besüchlein war. Rudern auf dem Neckar, Stippvisite beim DKFZ sowie das obligatorische Bad in der Menge. Auf dem Weg vom Rathaus zur Alten Brücke wollten die Royals ganz normale Bürger der Stadt treffen, Leute wie dich und mich.

Vor allem wie mich.

Dort hinten kamen sie. In ihrem Schlepptau eine Traube aus Lokalpolitikern, Sicherheitskräften, Übersetzern. Polizisten konnte ich keine erkennen, die feierten bestimmt noch G20-Überstunden ab. Hände wurden geschüttelt, Fähnchen geschwenkt, das königliche Paar strahlte mit der Sonne um die Wette.

Und ich schwitzte. Kam vielleicht doch eher von der Nervosität als von der Hitze. »Na, auch ein ganz normaler Heidelberger?«, fragte ich meinen Nebenmann, der eben einen Union Jack entrollte.

Kopfschütteln. »Leider nur zweite Wahl.«

Noch 20 Meter. Prinz William sah genauso aus, wie ich ihn mir vorgestellt hatte: lichtes Haar, Grübchen, Pferdegebiss. Die Ascot-Version von Mehmet Scholl. Von seiner Frau dagegen war ich enttäuscht. Kein Vergleich zu den Fotos in der Yellow Press. Wenn du hinter so einer beim Netto an der Kasse stehst … Egal.

Sie waren da. Die Royals.

Meinen Nebenmann ignorierten sie, dafür blieb Williams Blick an mir hängen. Wegen meiner Transpirationswucht?

Geschmeidig wie ein Roboter streckte ich eine Hand nach vorne und sagte: »Hi! I am a normal Heidelberg citiz-«

Weiter kam ich nicht. Es machte Plopp, und auf der Brust des Prinzen breitete sich ein roter Fleck aus. William schaute verblüfft an sich herunter, ließ ein ziemlich unroyales »Hä?« hören und hob den Kopf wieder. Im nächsten Moment fiel er um.

Kates Schreie gellten über den Marktplatz.

»Sie sind aber schreckhaft«, sagte ich zu William – ich nenne ihn jetzt einfach mal weiter so. Mit Hilfe eines der Bodyguards hatte ich ihn in stabile Seitenlage gebracht und ihm die Fahne meines Nachbarn unter den Kopf gelegt. Um uns herum standen hektisch telefonierende Polizisten.

»Ich wurde beschossen«, jammerte er von unten.

»Ja, mit einer Farbpatrone, Sie Kriegsheld.«

»Wie soll ich das ... Im ersten Moment dachte ich, es sei Blut. Mein Blut!«

»Alles in Ordnung!« Ein beleibter Typ drängte sich durch die Reihen zu uns. »Alles in Ordnung! Danke fürs Mitmachen, Herr Maltritz, Sie waren ein wunderbarer Prinz William. Danke auch Ihnen, Kate.« (Kate stand ein paar Meter entfernt und fluchte auf Kurpfälzisch.) »Und natürlich Ihnen«, wandte sich der Beleibte an mich, »für die schnelle Hilfe, selbst wenn sie nicht nötig war.«

»War sie doch«, sagte ich. »Ihr Prinz hat eine Beule.«

»Eine dicke Beule«, jammerte Maltritz.

»Schreiben Sie's auf die Rechnung«, winkte der Dicke ab. »Wir wissen nun, welche Sicherheitslücke wir bis zum Besuch der Royals noch schließen müssen. Einer unserer Leute hat es geschafft, ungesehen in ein Privathaus einzudringen und den tödlichen – respektive quasitödlichen – Schuss abzugeben. Das wird nächste Woche nicht passieren.«

»Na, hoffentlich«, murmelte ich. Dann wurde es laut, weil jemand den Sicherheitsring aus Bodyguards zu durchbrechen versuchte. Mit Händen und Füßen. Und Beleidigungen.

»Lassen Sie sie durch«, sagte ich. »Das ist meine Exfrau.«

»Was ist passiert?«, rief Christine. »Bist du verletzt, Max?«

Besser gar nicht beachten. Es war Christines Idee gewesen, mich bei der Stadt als ganz normaler Bürger Heidelbergs zu bewerben. Eine saublöde Idee. Für den echten Besuch nächste Woche wollten sie mich nicht, kein Wunder, aber für den Testlauf war ich gerade gut genug. Zweite Wahl, um meinen Nebenmann zu zitieren.

»Das hier ist Ihre Frau?« Der Beleibte machte große Augen.

»Ex«, sagte ich. Während er Christine zur Seite führte, half ich Maltritz auf die Beine. »Sie sehen dem Herzog übrigens verdammt ähnlich, finde ich.«

»Ich bin ja auch er«, antwortete er nicht ohne Stolz und reichte mir seine Karte. »Johannes Maltritz«, las ich und darunter, fett gedruckt: »Official Double of HRH Prince William, Duke of Cambridge«.

»Glückwunsch«, sagte ich und steckte die Karte ein.

»Wie bitte?« Ich schnappte nach Luft. »Was machst du? Das glaube ich nicht!«

Christine verschränkte die Arme. »Und warum nicht?«

»Weil du … Mein Gott, schau dich doch an!«

»Ja?«

»Christine, du siehst nicht aus wie eine Herzogin. So was kannst du nicht spielen!«

»Da ist der dicke Polizist, der den Einsatz koordiniert, aber anderer Meinung. Er hat mir gesagt, dass ich Kates Doppelgängerin sein könnte. Jedenfalls eher als diese Amateurschauspielerin aus Leimen, die sie bisher hatten.«

»Du bist zehn Jahre älter als Kate.«

»Bin ich nicht, du Arschloch!« Sie wurde rot. »Mit ein bisschen Schminke und Haartönung und hohen Absätzen …«

»Und Antifaltencreme …«

Eine Flasche Wasser flog in meine Richtung. Voll, aber aus Plastik.

»Warum sollst du überhaupt die Kate geben? Kommt sie denn nicht nach Heidelberg?«

»Keine Ahnung. Geht wohl lieber in Berlin shoppen.«

»Und William?«

»Der wird da sein.«

»Das heißt, du trittst an der Seite des leibhaftigen englischen Thronfolgers auf?«

Sie nickte. Jetzt sah meine Ex plötzlich sehr blass aus.

»Und dein Englisch?«

»Für Smalltalk reicht's.« Sie ließ sich in einen Sessel fallen. »Übrigens habe ich zur Bedingung gemacht, dass du zu den ausgewählten Bürgern gehörst, denen wir die Hand schütteln. Dank deines tatkräftigen Einsatzes beim Testlauf sind sie darauf eingegangen.«

»Meinen Satz kann ich ja schon«, sagte ich achselzuckend. »I am a normal citizen …« Da würde ich also meiner eigenen Ex die Pfote reichen, während sie die Windsor-Kate spielte. Live vor der Kamera.

»Noch was, Max. Ich habe mich zur Verschwiegenheit verpflichtet. Mit zig Unterschriften. Und das gilt auch für dich: kein Wort zu niemandem!«

Ich rollte mit den Augen. Von mir würde keiner diese Peinlichkeit erfahren. Nie!

Es war heiß auf dem Marktplatz. Schweißflecken wie beim Testlauf, dafür doppelte Nervosität. Das Spalier Heidelberger Bürger, Wimpel und Fähnchen. In der Zeitung stand, dass der Bahnhofsplatz Süd nach Kate & William benannt werden sollte. Und bei den »Körperwelten« im Alten Hallenbad hofften sie auf ein royales Ausstellungsstück. Oder hatte ich das nur geträumt?

Da kamen sie! Der Oberbürgermeister, die Bodyguards, Wichtige und Unwichtige. In ihrer Mitte Prinz William mit meiner Ex. Mir fielen fast die Augen aus dem Kopf, als ich sie sah. Christine war eine perfekte Kate, echter als die echte Herzogin! Ein Hingucker! Wie hatten die das nur hingekriegt? William wiederum sah seinem Double verdammt ähnlich, bloß war er noch viel blasser als Maltritz. Ein Bürger nach dem anderen wurde abgeklappert, und dann war ich dran.

Ich räusperte mich. Meinen Satz konnte ich auswendig, kein Problem. Aber wie sollte ich Christine die Hand schütteln, ohne mir vor Lachen in die Hose zu machen?

»Hi«, begann ich, als Williams Blick auf mich fiel. Er schnellte zurück, gab einen röchelnden Laut von sich und griff in sein Sakko.

Und dann schaute ich in den Lauf einer Pistole.

»Verhaften Sie den!«, schrie der Prinz. »Verhaften! Der will mich umbringen!«

Erst hinterher fiel mir auf, wie gut sein Deutsch war. Meine gesamte Konzentration galt der Pistole, die auf mich gerichtet war.

»Aber ... ich bin doch nur ein ganz normaler Bürger«, stammelte ich.

Zu mehr war ich nicht fähig. Die anderen übrigens auch nicht. Ob normale Bürger, Politiker oder Sicherheitskräfte – wir alle spielten Salzsäule. Starrten fassungslos auf den Prinzen mit der Waffe in der Hand.

Nur meine Ex nicht. Die reffte ihr Kostümchen und trat mit voller Wucht gegen den Unterarm ihres royalen Gatten. Die Pistole flog in hohem Bogen durch die Luft.

Gleich darauf fiel ein Schuss.

Eine halbe Stunde später war die Wunde an Maltritz' Arm versorgt; es war nur ein Streifschuss. In einem Sitzungszimmer des Rathauses legte der Prinzendarsteller seine Beichte ab.

»Ich wurde erpresst«, sagte er, noch immer weiß wie die Wand. »Sie wollten alles über den Besuch wissen. Termine, Orte, Einsatzpläne, wo wie viele Polizisten sein würden – einfach alles. Ich sagte, dass ich das niemals herauskriegen würde, aber das war ihnen egal. Ich sollte an meine Kinder denken.«

»Wer, sie?«, fragte der beleibte Einsatzleiter.

»Sie nannten sich Antiroyalistische Internationale. ARI, wie IRA, nur rückwärts. Mehr weiß ich nicht, ich wurde angerufen.«

»Ihnen musste doch klar sein, dass diese Leute ein Attentat vorbereiteten!«

Maltritz hob kläglich die Schultern. »Was sollte ich denn machen? Meine Familie …«

»Und weiter?«

»Als sie gestern erfuhren, dass William gar nicht persönlich nach Heidelberg kommt, wurden sie sauer. Sehr sauer. Dann nehmen wir halt die Herzogin, brüllte der am Telefon.«

»Mich?«, rief Christine. »Und das erfahre ich erst jetzt? Du hättest mich ins offene Messer laufen lassen, du Pseudoprinz?« Ich musste sie zurückhalten, dass sie Maltritz keine scheuerte.

»Es tat mir auch sehr leid für dich, Kate … Andererseits hätte ich dann weiter meiner Arbeit als Double nachgehen können. Witwer kann ich richtig gut.«

»Glauben Sie, der Schuss galt der Herzogin?«, wollte der Dicke wissen.

»Keine Ahnung. Als Kate mich mit ihrem grauenhaften Englisch ansprach und ich merkte, das ist ja gar nicht die echte, wurde mir plötzlich ganz anders. Sollte die ARI spitzgekriegt haben, dass wir beide Doubles waren, dann gab es genau zwei Möglichkeiten. Entweder die Aktion wurde abgeblasen – oder sie beseitigten ihren Mitwisser. Mich.«

»Deshalb waren Sie so blass«, sagte ich.

»Ich wusste ja nicht, wie diese Typen aussahen. Überall konnte einer stehen und es auf mich abgesehen haben. Das Einzige, was ich tun konnte, war, mir eine Waffe zu besorgen.«

»Wie kamen Sie an die Pistole?«, fragte der Dicke.

»Sie gehört einem Ihrer Polizisten. Er gab sie mir erst, als ich sagte, ich sei der Enkel der Queen und er wolle doch sicher keine diplomatische Krise auslösen.«

»Aber warum hielten Sie Herrn Koller für einen der Attentäter?«

»Weil Sie selbst mir erzählt haben, dass heute auf dem Marktplatz komplett andere normale Bürger stehen würden als beim Testlauf. Und plötzlich sehe ich einen, der letztes Mal auch schon da war. Da habe ich Panik gekriegt!«

Maltritz lächelte mich entschuldigend an. Ich zeigte ihm einen Vogel. Von Adligen habe ich nie viel gehalten, aber ihre Doubles waren noch schlimmer.

Dann betrat ein Polizeibeamter den Raum und reichte dem Einsatzleiter ein Foto. »Die Überwachungskameras haben eine verdächtige Person aufgezeichnet. Könnte unser Mann sein.«

Der Dicke zeigte das Foto herum. »Kennt den jemand?«

Allgemeines Kopfschütteln. Nur einer stöhnte innerlich auf. Dieser eine war ich. Bei dem Abgelichteten handelte es sich um meinen Nebenmann vom Testlauf. Den Zweite-Wahl-Typen, genau. Seine Englandfahne, die ich als Unterlage für Williams Kopf benutzt hatte, fuhr noch irgendwo bei mir zu Hause herum. Wenn man die unter die DNA-Lupe legte, kam man der Identität des Täters womöglich auf die Spur.

Aber lohnte das die Mühe? Für einen Einsatzleiter, der in meiner Exfrau royale Hitzewallungen ausgelöst hatte? Für ein Prinzendouble, das mich beinahe abgeknallt hätte? Für eine Stadt, die mit Aristokraten Werbung machte?

Ich war doch bloß ein ganz normaler Heidelberger Bürger.

»Gehen wir, Max«, sagte Herzogin Kate und hakte sich bei mir unter.

AUGUST

URLAUB ZU HAUSE

»Wo soll's denn hingehen, Herr Koller?«

Ich musste in Sekundenschlaf verfallen sein. Die alte Schachtel, die eben noch bei uns am Tisch gesessen hatte, stand jetzt am Grill, um das Fleisch einer fachmännischen Prüfung zu unterziehen. Christine warf mir einen vernichtenden Blick zu, die restlichen Damen kicherten.

»Tja.« Ich riss mich zusammen. »Wo's hingehen soll? Fragen Sie meine Exfrau. Die weiß Bescheid.«

Christine lachte ein empörtes Lachen. »Schön wär's! Ginge es nach Max, würden wir unseren Urlaub komplett zu Hause verbringen. Vielleicht noch ein Ausflug zu Ihrem Schrebergarten, das war's dann aber auch.«

Achselzuckend trank ich mein Bier aus. Sie hatte ja recht, meine Ex.

Unsere Gastgeberin kam an den Tisch gewatschelt. »Genau wie mein Mann. Der blieb in den Ferien auch am liebsten hier.«

»Total sympathisch, Ihr Mann«, sagte ich.

»Leider nicht mehr unter uns«, seufzte sie und nahm Platz.

Zeit für ein Gedenkminütchen. Der selige Gatte der alten Schachtel hatte beim Daimler gearbeitet. Und zwar genau in der Abteilung, die für Schadstoffausstoß zuständig war. Ganz schlechtes Karma. Irgendwann hatte er die Vorwürfe aus seinem Bekanntenkreis nicht mehr ausgehalten und sich in den Neckar gestürzt. Schon bitter, wenn das erste Opfer im Abgasskandal eine Wasserleiche ist.

Am heftigsten hatten ihm übrigens seine Schrebergartenkumpel zugesetzt.

»Ich würde dann noch ein Bierchen trinken«, sagte ich. »Auf Ihren Mann, Frau Schachtel.«

»Aber immer doch.«

Die alte Schachtel hieß tatsächlich so: Schachtel. Jedenfalls seit ihrer Heirat. Alt war sie nicht unbedingt, jung aber auch nicht. 54 Jahre, auf den Tag genau, und um das zu feiern, hatte sie Freundinnen, Nachbarn und andere alte Schachteln in ihren Garten geladen.

»Fahren Sie doch nach Griechenland«, schlug eine Verhärmte im Blümchenkleid vor. »Soll jetzt sehr günstig sein.«

»Um Gottes willen!« Eine mit Pferdegebiss schüttelte ihr blondiertes Haupt. »Wo dauernd die Flüchtlingsboote stranden? Shocking!«

»Die segeln neuerdings nach Italien. In Griechenland herrscht Ruhe.«

»Ruhe? Und das Erdbeben auf Kos? Wen hat es da getroffen? Zwei Touristen! Noch Fragen?«

»Bei den Portugiesen brennen die Wälder«, winkte die Schachtel ab. »Lieber in der Heimat bleiben.«

»Zu Hause regnet es«, sagte Christine finster.

Mein Handy klingelte. Ich schnappte mir Bier und Telefon und verdrückte mich. In der Gartenhütte ramm-

ten gerade die Zwillinge der Blondgefärbten ihre Eierköpfe gegeneinander. Was den beiden wahnsinnig Spaß
zu machen schien, war mir eindeutig zu laut. Also ging
ich bis zum Ende des Gartens und nahm das Gespräch
dort entgegen.

»Schachtel«, meldete sich ein Mann.

»Aber Sie sind doch tot«, fuhr es mir durch den Kopf.
»So tot wie der Diesel. Oder?«

»Wie schmecken die Spareribs meiner Mutter?«

Okay, kapiert. Das hier war der Sohn der Schachtel.
Das Schächtelchen. »Das Fleisch liegt noch auf dem Grill«,
sagte ich. »Wenn Sie sich beeilen, lassen wir Ihnen …«

»Danke, Herr Koller, kein Bedarf. Ich brauche etwas
anderes, nämlich Sie. Können Sie ungestört sprechen?«

»So ungestört, wie man sonntags in einer Schreber-
gartensiedlung sprechen kann. Ihre Mutter hört mich
jedenfalls nicht, falls Sie das meinen.«

»Das meine ich. Also, mein Auftrag lautet: Sie sollen
meinen Vater suchen.«

»Ihren Vater? Entschuldigen Sie, der hat sich doch …«

»Seine Leiche wurde nie gefunden. Auch kein
Abschiedsbrief. Nur seine Sachen am Flussufer und ein
Schuh irgendwo im Wehr. Ich habe das nie geglaubt.
Wenn Sie mich fragen, hat meine Mutter ihn umgebracht.
Von langer Hand geplant.«

Darauf nahm ich erst mal einen Schluck Bier und
schwieg.

»Um das zu beweisen, muss ich natürlich seine Leiche
finden«, fuhr Schachtel junior fort. »Mutters Wohnung

konnte ich durchsuchen, aber dass sie ihn dort nicht auf-
bewahrt hat, war klar. Es gibt nur eine Möglichkeit: Sie
hat ihn im Schrebergarten vergraben.«

»Wie meinen?« Fast hätte ich mich verschluckt.

»Ich wollte das überprüfen, leider ist die ganze Anlage
extrem gut gesichert. Diese Schrebergärtner überlassen
nichts dem Zufall. Drei Mal habe ich nachts hier Alarm
ausgelöst. Meine Mutter verweigert mir den Zutritt. Deshalb sind Sie jetzt dran.«

»Ich? Sie meinen, ich soll mir Veinen Spaten besorgen und drauflosbuddeln? Vor den Augen der Geburts-
tagsgäste?«

»Die sitzen doch alle hinter der Hütte. Nehmen Sie
sich einen Stecken und stoßen damit in die Erde. Vielleicht sieht man noch Grabespuren, die Sache ist ja erst
ein halbes Jahr her.«

Ich ließ meinen Blick durch den Garten schweifen. Ein
schmaler Grünstreifen in der Mitte, auf der einen Seite
Nutzpflanzen, auf der anderen Zierkram. Einen Minia-
turteich gab es auch und gleich daneben einen Ziehbrun-
nen, bestimmt eine Attrappe. Und hier sollte ich nach
einer Leiche stochern? Am helllichten Tag?

»Nennen Sie mir einen Grund, warum ich das tun soll,
Herr Schachtel.«

»Sie wollen doch keinen treuen Freund verlieren,
oder?«

Ich stutzte. Mein Kumpel Fatty spannte auf den Sey-
chellen aus, sonst hatte ich keine Freunde. Schon gar
keine treuen.

»Ihr Rennrad, Herr Koller. Ich war so frei, es mir vorhin aus Ihrem Hof auszuborgen. Wenn Sie möchten, schicke ich Ihnen ein Beweisfoto.«

»Was?«, brüllte ich. »Du kleingeistiges Arschloch! Wenn du meinem Rad auch nur eine Felge krümmst …«

»Hängt ganz von Ihnen ab. Beeilen Sie sich, die Spareribs sind bestimmt bald durch. Ich melde mich in einer halben Stunde bei Ihnen.«

Mir lagen noch jede Menge Flüche auf der Zunge, aber erstens äugte schon ein Nachbar über die Hecke, und zweitens purzelte eben das Eierkopfduo über den Rasen. Da wurde geknufft und getreten, dass es nicht mehr feierlich war. ADHS oder Testosteronüberschuss? Kopfschüttelnd kehrte ich zum Geburtstagstisch zurück.

»Türkei geht ja nun nicht mehr«, sagte die Verhärmte gerade. »Anschläge, wohin man schaut.«

»Ägypten ist noch schlimmer!«, rief eine mit viel Klunker auf der sonnengebräunten Haut. »Aus und vorbei!«

»Mit meinem Mann ging es maximal bis Tirol«, nickte die Schachtel versonnen. »Weiter nie. Die haben jetzt Hochwasser, überall.«

»Schlimm, wenn der Partner so ein Stubenhocker ist«, sagte Christine, ohne mich eines Blickes zu würdigen. »Nicht wahr?«

»Was wollen Sie machen, Frau Markwart? Man arrangiert sich.«

»Aber irgendwann muss man sich doch wehren als Frau!«

Bevor ich protestieren konnte – ich war der einzige Mann am Tisch –, jagten die Zwillinge um die Ecke. Sie malträtierten sich mit Gießkanne und Rechen, stolperten gegen den Tisch, dass das Geschirr wackelte, und quietschten dabei vor Freude.

»Spinnt ihr?«, kreischte ihre Mutter und versetzte beiden eine Ohrfeige. »Reißt euch zusammen, ihr Missgeburten!« Die zwei trollten sich. Unterscheiden konnte man sie übrigens prima, der eine war blond, der andere dunkelhaarig.

»Ich bring das mal weg«, sagte ich, hob die Gießkanne vom Boden auf und ging in den Garten zurück. In einem Verschlag seitlich der Hütte fand ich eine angerostete Metallstange mit zugespitztem Ende. Was ich in der nächsten Viertelstunde damit anstellte, spottet jeder Beschreibung, aber wenn ich an das Schicksal meines Rades dachte, verging mir das Lachen. Wütend stieß ich die Stange in die lehmige Gartenerde. Wie kam der junge Schachtel auf die Idee, ausgerechnet mein Rennrad zu kapern? Klar, als Sohn unserer Nachbarin kannte er meine Vorlieben. Außerdem konnte er so Rache nehmen an der autofeindlichen Welt, die seinen Vater in den Tod getrieben hatte.

Oder eben nicht. Das war hier die Frage.

Ich fing beim Gemüse an. Dort wurde doch ständig gegraben, also konnte man hier am ehesten etwas verstecken. Zwischen den Bohnen stocherte ich herum, den Tomaten, dem ganzen Kohlzeug. Nichts. Einen halben Meter weit glitt die Stange durch die Erde wie durch Butter, dann war Schluss. Und zwar überall. Bei den Erdbeeren, den Kartoffeln, unter den Himbeersträuchern. Keine Leiche verbuddelt, nicht mal Fragmente.

Als ich mit dem Gemüse durch war, wechselte ich zu Blumen und Stauden. Vorher der Kontrollblick, ob in den Nachbargärten nicht schon der große Schreberrat zusammengetreten war. Alles ruhig. Nur das Kampfgeschrei der Zwillinge durchbrach die Sonntagsidylle. Ich war fast fertig, da meldete sich Schachtel junior.

»Na, fündig?«

»Sie können mich mal!«, zischte ich. »Ich mache mich hier zum Gespött der Stadt, nur weil Sie den Tod Ihres Vaters nicht verkraftet haben.«

»Reden Sie nicht, suchen Sie. Oder wollen Sie live dabei sein, wie ich den Rahmen Ihres besten Freundes durchflexe?«

»Hören Sie, ich habe alles umgepflügt. Jede verdammte Pflanze in diesem Garten!«

»Was ist mit dem Brunnen?«

»Wie soll eine über 50-Jährige einen ausgewachsenen ...«

»Machen Sie weiter. Ich melde mich.«

Schäumend vor Wut steckte ich das Handy ein. Mittlerweile lief mir der Schweiß in Bächen vom Kopf. Ja, es hatte geregnet, die ganze Woche, aber jetzt knallte die Sonne vom Himmel. Ich ging zu der Brunnenattrappe und stieß die Stange ein paar Mal in den mit Sand gefüllten Schacht. Hatte doch alles keinen Zweck.

»Herr Koller!«, tönte die Stimme der Schachtel durch den Garten. »Essen ist fertig!«

Frustriert rammte ich die Stange in die Erde.

»Albanien ist groß im Kommen«, wurde ich am Tisch empfangen. Die Sonnengebräunte reichte einen Berg Grillfleisch herum. »Blutrache wird nur noch an Einheimischen verübt.«

»Na, Max?« Christine klimperte mit den Augen. »Albanien?«

»Da können wir ja gleich in die USA fahren«, gab ich zurück. »Oder nach Nordkorea.« Keine Ahnung, warum ich das sagte. Vielleicht lag es an den Zwillingen, die sich wie ausgehungert über ihre Steaks hermachten.

Die Schachtel schaufelte mir ein paar Fleischstücke auf den Teller. »Hier, greifen Sie zu. Bevor es kalt wird.«

»Deine Spareribs sind eine Wucht«, schwärmte die mit dem Pferdegebiss. »Und noch schmackhafter als sonst. Neue Marinade?«

»Was für Mengen du wieder aufgetischt hast«, ergänzte die Verhärmte.

»Ja, meine Kühltruhe ist voll. Aber nun lasst es euch schmecken.«

Ich klappte eben den Mund auf, um so ein Rippenteil hineinzuschieben. Dann schloss ich ihn wieder, ungefüllt. Mir war ein Gedanke gekommen, nein: Er war in mich hineingefahren wie vorhin die Stange in die Gartenerde. Ein ungeheuerlicher Gedanke. Und doch ganz logisch. Man musste nur die Behauptungen des Anrufers mit der Kühltruhe (voll) und der Marinade (neu) in

Verbindung bringen. Ich legte das Fleisch auf den Teller zurück und sah fröstelnd zu, wie Christine ihr Rippenstück benagte.

»In Neuguinea oder so«, sagte ich langsam, »kann man echte Kannibalen besichtigen. Das wär doch was für eine unternehmungslustige Witwe wie Sie, Frau Schachtel.«

Kopfschütteln. »Ich bleibe hier. Bei meinem Mann.«

»Bei Ihrem Mann, ah ja.«

Die beiden Eierköpfe sprangen auf, Fettglanz in den Mundwinkeln, und prügelten einander Richtung Garten. Christine warf mir einen verwunderten Blick zu. Ich schenkte ihr keine Beachtung.

»Wo steht denn Ihre Tiefkühltruhe?«, fragte ich unsere Gastgeberin.

»Hier in der Hütte. Warum?«

Was hätte ich antworten sollen? Dass ich gern mal einen Blick hineinwerfen würde? Bevor ich dazu kam, gab es einen fürchterlichen Lärm: ein Krachen und Platschen, untermalt von derben Lustschreien. Wir sprangen auf, alle, und während die Zwillingsmutter wüste Verwünschungen ausstieß, stürzten wir um die Hütte herum in den Garten.

Ich hatte es geahnt: Die Eierköpfe waren beim Raufen in den Teich gekracht, hatten das dünne Holzgitter darauf durchschlagen und standen jetzt bis zur Hüfte im Wasser. Noch lachten sie. Aber das große weiße Ding, das zwischen beiden nach oben drängte, würde ihnen bald das Maul stopfen. Das Ding hatte die Umrisse eines Menschen, den man in Zellophan gewickelt und mit Steinen oder Platten beschwert hatte. Durch die Aktion der beiden Kasper waren die Gewichte zur Seite gerutscht.

Ich schaute zur alten Schachtel hinüber. Die atmete tief durch, bevor sie meinte: »Nehmt euch bitte alle was vom Fleisch mit, ja? Wäre doch schade, wenn es verkommt.«

»Ich muss mal telefonieren«, sagte ich.

SEPTEMBER

DR. MERKEL & MR. SCHULZ

»Journalisten«, sagte ich, »Journalisten leben gefährlich.«

»Wohl wahr«, seufzte es in der Trauerrunde.

Ein warmer Spätsommernachmittag. Die Fenster des Neuenheimer Cafés standen offen, draußen auf dem Marktplatz herrschte reges Treiben. Infostände der AfD, der Jusos, der Grünen. Letzte Zuckungen eines Wahlkampfs, der nie einer war. Bei der CDU trafen sich Oberbürgermeister und Bundestagskandidat zum ehrenprofessoralen Händeschütteln. Eine Wespe torkelte herein und setzte sich auf meinen Pflaumenkuchen. Ich schnippte sie fort. Auch Privatermittler leben gefährlich.

»Wenn einer tot ist, darf der dann noch wählen?«, fragte jemand. Es war der Neffe des Verstorbenen, ein Teenager mit Zahnspange. »Weil, Onkel Valentin hat doch Briefwahl gemacht.«

Sein Vater – schicker Anzug, Glatze, Brilli im Ohr – tätschelte ihm die Wange. »Wenn ich daran denke, wie oft mein Bruder dem Tod von der Schippe gesprungen ist! Im Irak, in Syrien. Und dann wird er in Heidelberg von so einer Kurpfälzer Trantüte über den Haufen gefahren. Vor der Haustür!«

»Es war also ein Unfall?«, sagte ich, eine weitere Wespe in die Flucht jagend.

»Was sonst? Schade, dass sie den Kerl nicht erwischt haben.«

Ich schwieg. Am AfD-Stand draußen kam es zu Rangeleien. Alternative Debattenkultur vermutlich. Neben mir erhob sich der Pfarrer. Es tue ihm leid, aber er habe noch eine andere Leich. Samt Schmaus. Schwieriger Monat, der September. Vorauseilende Herbstdepression. Noch einmal herzliches Beileid.

Während er den Angehörigen die Hand drückte, beugte sich der Zahnspangenknabe zu mir herüber. »Mein Onkel hat mir verraten, dass er an einer ganz großen Sache dran war«, flüsterte er. »Interessiert Sie das?«

»Was für eine Sache?«

»Weiß ich nicht. Aber ich habe alles dabei, was ich bei ihm an Unterlagen finden konnte.«

»Immer her damit, Kleiner.«

Valentin Schmitt war das gewesen, was man einen Sensationsreporter nennt. Leider fand er völlig andere Dinge sensationell als der Rest der Bevölkerung. Grassierende Schwarzarbeit, die Umweltsünden des kleinen Mannes, schmutzige Geschäfte im Fußball – so vergraulte man seine Leser. Sein letzter Scoop sollte eine Enthüllungsstory über Autoschiebereien werden. Dann kam der Dieselskandal, und er konnte seine Story in die Tonne treten.

Auch mir war er ziemlich auf die Nerven gegangen. Trotzdem Ehrensache, dass ich mich an seiner Beerdigung blicken ließ.

Mit den Unterlagen, die mir sein Neffe zugesteckt hatte, setzte ich mich an den Neckar. Direkt über meinem Kopf baumelte ein großes Wahlplakat der SPD an einem Laternenmast, und wenn mich nicht alles täuschte, war es sogar aktuell. Ich blätterte die Papiere durch. Lauter Stückwerk, keine auch nur halbwegs druckreife Story. Ein Ex-Minister als Rüstungslobbyist, na ja. Steuerschlupflöcher unserer Millionarios, gähn. Welchen Leser wollte Valentin damit hinterm Ofen hervorlocken? Hätte er mal lieber über die Schwangerschaft von Prinzessin Kate geschrieben! Dafür interessierte sich sogar meine Exfrau.

Okay, blieben noch die Fotos, drei Stück. Das eine zeigte Merkel und Schulz beim TV-Duell Anfang des Monats. Über beide Gesichter hatte Valentin ein dickes Fragezeichen gemalt. Dann Schulz allein, als Redner während eines Wahlkampfauftritts. Foto Nummer drei: eine Ausschnittsvergrößerung dieser Szene, nämlich der linke Fuß des Herausforderers samt Socke und Schuh. Die Socke war umkringelt.

Was sollte diese Zusammenstellung? So sehr ich mir auch den Kopf zerbrach, mir fiel keine vernünftige Antwort ein. Rote-Socken-Kampagne? Von ein paar rötlichen Punkten abgesehen, war die Socke weiß. Schuhwerbung? Fußfetischismus? Ich drehte das Foto um: »Schmitt hoch zwei«, hatte Valentin dort notiert.

Nun, wenigstens das ließ sich klären. »Schmitt hoch zwei«, so verriet mir mein Handy, war der Name einer PR-Agentur mit Sitz in den ehemaligen Campbell Barracks. Betrieben vermutlich von Valentin und seinem Bruder.

Jetzt allerdings nur noch vom Bruder.

Es war ein Leichtes, sich Zutritt zu der Agentur zu verschaffen. Das Gebäude fensterlos, garantiert bomben- und abhörsicher, aber: nicht abgeschlossen. Ich steckte den Dietrich wieder weg und trat ein. »Schmitt hoch zwei« residierte im Untergeschoss, einem großen Raum voller Computer, Drucker und technischem Pipapo. Es gab eine Leinwand, ein Stativ mit Kamera, vor allem aber gab es Merkel und Schulz. Kanzlerin und Kandidat standen als deckenhohe Pappkameraden rechts und links der Leinwand und lachten mir entgegen.

Von Valentins Bruder keine Spur.

Ich nutzte die Gelegenheit und sah mich gründlich um. An einer Stellwand hingen Fotos und Zeitungsberichte vom Wahlkampf Merkels, gegenüber solche von Schulz. Auch das Foto aus Valentins Unterlagen entdeckte ich, plus Datum: »5.9.2017«.

In Heidelberg war er zwei Wochen später gewesen.

Was gab es noch?

Auf einem PC-Monitor lief stumm das TV-Duell zwischen Merkel und Schulz, auf einem anderen leuchtete ein Säulendiagramm. Schwarz, rot, blau – die Prognose für die Bundestagswahl?

»Österreich«, sagte jemand hinter mir.

Ich fuhr herum. Da stand Valentins Bruder und grinste maliziös. Das Licht der Deckenfluter spiegelte sich auf seiner Glatze. »Wenn es so weitergeht, wird Minister Kurz die absolute Mehrheit holen.«

»Dank Ihrer Hilfe?«

»Wir haben der ÖVP ein jugendliches Image verpasst. Sie gewissermaßen geliftet.« Er setzte sich halb auf einen Schreibtisch. »So, wie wir es schon mit Macron und seiner Bewegung gemacht haben.«

»Und die da?« Ich zeigte auf die deutschen Pappkameraden.

»Gehören ebenfalls zu unseren Kunden.«

»Wer? Merkel oder Schulz?«

Er schmunzelte. »Beide.«

»Kommen Sie da nicht in einen Interessenkonflikt?«

»Nein. Mein Bruder hat die Merkel, ich den Schulz.«

»Ihr Bruder?«

»Schön, Sie kennenzulernen«, tönte es durch den Raum. Hinter der Pappkanzlerin kam Valentins Bruder ein zweites Mal hervor, oder besser: seine Kopie. Eine perfekte Kopie, von den Lachfältchen bis zum Ohrstecker.

»Zwillinge?«, staunte ich.

»Gut beobachtet. Schmitt mein Name. Übrigens hast du dich mal wieder geirrt, Brüderchen: Ich vertrete Schulz, du die Kanzlerin.«

»Oh, sorry.«

»Warum waren Sie nicht bei der Beerdigung?«, fragte ich.

»Ach, wissen Sie, Herr Koller: Wer einen von uns hat, hat beide.«

»Deshalb also Schmitt hoch zwei. Ich dachte, Valentin sei der zweite Schmitt.«

Schmitt 1 machte eine Geste des Bedauerns. »Wir wollten ihn ja mit ins Boot holen. Und den Namen in ›Schmitt hoch drei‹ ändern. Aber er weigerte sich.«

»Musste er deshalb sterben?«, brach es aus mir heraus.

Synchrones Kopfschütteln. »Ts, ts, ts, Herr Koller … Was sind denn das für Räuberpistolen?«

»Und sein Unfall? Das Foto? Die Socke von Schulz? Wie passt das zusammen?«

»Keinen blassen Schimmer, was Sie meinen«, sagte Schmitt 2. Auch sein Bruder zuckte mit den Achseln.

Ich aber, ich begriff. In diesem Moment. Weil die beiden Glatzköpfe so gleich aussahen. Weil sie gewissermaßen eine Person waren. Identisch! Und dann die Socke. Mit den hellroten Flecken.

»Natürlich!«, rief ich. »Das ist es! Am 5.9. war Merkel in Heidelberg. Schulz irgendwo anders. Aber Schulz hatte Tomatenspritzer an der Socke. Obwohl die Tomaten in Heidelberg flogen. Dafür gibt es nur eine Erklärung: Merkel und Schulz sind ein und dieselbe Person!«

Schmitt und Schmitt hoben jeder eine Braue.

»Im Grunde war es eine Notlösung«, erläuterte Schmitt 1 und streichelte die Pistole in seiner Hand. »Aber eine geniale. Sehen Sie, Herr Koller, solange Schulz noch in Brüssel war, konnten er und Merkel prima miteinander. Erst als er ankündigte, Kanzler werden zu wollen, kam es zur Katastrophe. Sie rastete aus und erschlug ihn. Daraufhin …«

»Falsch«, unterbrach Schmitt 2. »Du erzählst es immer falsch. Es war Schulz, der Merkel beseitigte, weil er …«

»Ist doch egal. Jedenfalls gab es nur noch einen, und aus Gründen der Staatsräson musste der – oder die – nun beide Rollen spielen. Zum Wohl der Demokratie!«

»Aber wie geht das?«, fragte ich. »Jetzt mal rein technisch.«

»Mein Bruder ist ein exzellenter Maskenbildner«, lächelte Schmitt 1.

»Du auch«, sekundierte Schmitt 2.

»Zum Glück haben beide die gleiche Kopfform. Bauch, Brust, Hüfte kriegen Sie in jedem Theatershop. Gut, Schulz ist ein bisschen größer, aber sie würden ja nie zusammen auftreten.«

»Doch!«, rief ich. »Im TV-Duell!«

Na, da lachten sie aber. »Das TV-Duell, ach Gottchen«, amüsierte sich Schmitt 2. »Erinnern Sie sich, wer die Spielregeln für das Duell festlegte? Das Kanzleramt natürlich. Nun, die Diskutanten wurden im Vorfeld einzeln befragt und die Schnipsel hinterher zusammengeschnitten. Im Zeitalter moderner Aufnahmetechnik kein Problem.«

»Und die Moderatoren?«

»Meinen Sie diesen Strunz? Der gefragt hat wie Flasche leer? Solche Leute akzeptieren alles, nur um auf Sendung zu kommen. Alles!«

Ich schüttelte den Kopf. »Das Duell war also gar nicht live?«

»Um Gottes willen.« Schmitt 2 hob abwehrend die Hände. »Von Live-Auftritten raten wir unseren Klienten dringend ab. Dringend!«

»Viel zu unberechenbar«, bestätigte Schmitt 1. »Denken Sie an die Tomaten.«

»Was an sich nicht schlimm gewesen wäre. Aber Frau Merkel meinte ja, beim anschließenden Rollentausch auf neue Socken verzichten zu können.«

»Herr Schulz«, korrigierte der Bruder.

»Wie auch immer. Merkel = Schulz, das ist in unseren unruhigen Zeiten die Erfolgsformel schlechthin. Die perfekte Balance, Yin und Yang. Das Ideal einer Großen Koalition!«

»Unserem Oberbürgermeister werden wir ein ähnliches Arrangement vorschlagen, damit er bei der nächsten Wahl wenigstens einen Gegenkandidaten hat. Sich selbst!«

»Sie sind verrückt«, sagte ich. »Ich zeige Sie an!«

»Sicher?« Schmitt 1 spielte mit seiner Pistole. »Wollen Sie so enden wie Valentin?«

»Sie werden nicht wagen, mich zu beseitigen. Zwei Tote aus Ihrem Umkreis, damit kommen Sie nicht durch.«

»Aber Herr Koller«, säuselte Schmitt 2, »niemandem wird Ihr Verschwinden auffallen. Nicht bei so genialen Maskenbildnern wie uns!« Mit beiden Händen griff er an seinen Hals und zog die Haut ruckartig nach oben.

Das Gesicht löste sich vom Kopf, und darunter kam ein neues zum Vorschein: mein Gesicht.

Entsetzt sprang ich auf. Noch nie hatte ich mir selbst in die Augen gestarrt! Außer im Spiegel natürlich, aber hier gab es keinen Spiegel.

»Da staunen Sie, was?«, rief Schmitt 2 mit meiner Stimme. »Ich werde Sie ersetzen, damit Sie endlich Erfolg im Beruf haben. Damit Sie sexy sind! Und sollte ich terminlich nicht verfügbar sein, kommt er zum Einsatz.«

Auch sein Bruder zog sich die Schmitt-Maske vom Kopf und sah jetzt aus wie ich. »Wir werden der bessere Max Koller sein, versprochen!«

»Nein!«, schrie ich und stürzte mich auf – mich. Also auf einen der beiden. Das Koller-Gesicht war doch auch nur eine Maske. Irgendwo am Hals musste sich das Ding lösen lassen! Ich ging Schmitt 1 oder 2 an die Kehle, grapschte und tastete … aber dann rumpelte ich gegen einen der Papppolitiker, stürzte und wurde im Fallen von der Großen Koalition begraben.

Als ich erwachte, lag ich unter der Laterne am Neckar. Um mich herum Valentins Unterlagen. Mein Schädel schmerzte.

»Alles klar mit Ihnen?«, fragte jemand.

Ich sah auf. Da stand Valentins Neffe, der Knabe mit der Zahnspange.

»Ja … nein, keine Ahnung«, murmelte ich. »War wohl kurz weggetreten.«

»Ich glaube, das da ist Ihnen auf den Kopf geplumpst.«

Er zeigte auf das große Wahlplakat, das falsch herum neben der Bank lag. »Haben Sie denn herausgekriegt, wem Onkel Valentin auf der Spur war?«

Ich verneinte. »Hatte bloß einen komischen Traum.«

»Schade.«

»Aber ich bleibe dran, versprochen.«

»Vielleicht hat er ja auch geflunkert. Onkel Valentin war so einer.« Er trollte sich pfeifend.

Ich aber saß noch lange unter der Laterne und hatte Sehstörungen. Am Hinterkopf wuchs mir eine Beule, ich spürte es genau. Irgendwann hob ich das Plakat vom Boden auf und drehte es um. Die Kanzlerin lachte mir entgegen.

Ich hätte wetten können, dass es bei meiner Ankunft noch ein Schulz-Plakat gewesen war.

OKTOBER

DJANGOS ALBTRAUM

Er hieß Perkovic, Gunter Perkovic, aber alle nannten ihn Django. Wegen seiner Cowboystiefel, die er bei jeder Gelegenheit trug, und wegen seiner markigen Sprüche. »Erst schießen, dann reden«, war sein Lieblingsspruch, garniert mit einem Augenzwinkern. Manchmal fehlte das Augenzwinkern: wenn es um Terroristen ging, um Vergewaltiger und solche Typen. Für Django gab es da nur eins: an den nächsten Baum mit ihnen!

Von der Politik hielt er auch nicht viel. »Wir ehrlichen Steuerzahler«, begann er jeden zweiten Satz, und der Blick, den er uns dabei zuwarf, war eigentlich eine Aufforderung: sofort die Pferde zu satteln und mit ihm nach Berlin zu galoppieren. Ich traf ihn ab und zu im Saloon – in der Kneipe um die Ecke, logisch – oder wenn er sheriffmäßig durch die Straßen patrouillierte, aber ernst nahm er einen wie mich nicht.

»Zahlen Sie überhaupt Steuern?«, fragte er mich mal breitbeinig, als ich mich über die Pflicht zur Gehwegreinigung mokierte.

»Dazu hab ich meine Frau«, gab ich zurück, und irgendwie schien ihm diese Antwort sogar zu gefallen.

Mittlerweile ging Django auf die 70 zu. Vier Jahrzehnte hatte er an einer der Problemschulen von Heidelberg unterrichtet, und vier Jahrzehnte war es ruhig geblieben in seinen Klassen. Keine Schlägereien, keine Drogen, nichts. Django hatte seine Schüler im Griff gehabt, mit welchen Mitteln auch immer.

Es gab allerdings einen Makel in Djangos Bilanz, und dieser Makel hörte auf den Namen Schorsch. Schorsch war weder Terrorist noch Vergewaltiger, dafür kiffte er, lungerte rum, zahlte keine Steuern, und vor allem: Er war Djangos Sohn. Ausgerechnet bei ihm hatte die väterliche Pädagogik komplett versagt. Schorsch, das war Djangos Albtraum. Dass sich der Alte nicht längst einen Revolver an die Schläfe gesetzt hatte, lag an Tim, Sohn Nummer zwei. Tim war genau das Gegenteil seines Bruders: Er war smart, erfolgreich und nickte zu allem, was Daddy sagte.

Cowboystiefel trug allerdings keiner von Djangos Söhnen.

Herbstlaub kreiselte über den Boden, als ich an der Stadthalle eintraf. Fröstelnd betrat ich das Gebäude. Im Foyer empfing mich eine Reihe von Stellwänden mit Bildern und Parolen für eine bessere Zukunft. Nanu, die Wahl war doch vorbei – aber dann merkte ich, dass es bloß um den neuen Konzertsaal ging. Die Große Koalition zwischen Klassik und Jazz! Und die AfD-Wähler? Blieben außen vor.

»Gut, dass Sie da sind, Herr Koller!« Kommissarin Kehrer eilte mit wehendem Schal auf mich zu. »Ich brauche Ihre Hilfe.«

»Und Ihre Leute? Wo stecken die?«

»Welche Leute?« Ihr Lachen klang bitter. »Letzte Woche wurde mir schon wieder ein Mitarbeiter gekürzt. Es ist eine Katastrophe!«

»Deshalb haben Sie mich angerufen?«

»Schweren Herzens, ja. Sie können jederzeit gehen.«

»Nun, ÖPPs sind schwer angesagt«, grinste ich. Und als sie fragend schaute, ergänzte ich: »Öffentlich-private Partnerschaften. Die Kommissarin und der Detektiv.«

Sie nickte. Hinter ihr wurde ein bärtiger Typ mit Seitenscheitel sichtbar, der auf seinem Handy herumwischte. Die Kehrer stellte ihn mir als Mitarbeiter des Jazzfestivals vor.

»Einer unserer Besucher ist verschwunden«, sagte der Mann. »Gestern Abend, während des Konzerts. Sein Name ist Tim Perkovic.«

»Djangos Sohn«, nickte ich. Jetzt machte die Kehrer natürlich Augen. Ich sage ja, ÖPP gehört die Zukunft!

Nachdem ich sie über Django informiert hatte, erklärte der Jazzmensch, Perkovic junior sei VIP-Gast gewesen, weil seine Beratungsfirma zu den Sponsoren des Festivals gehörte. Nach der Konzertpause hätte es auf der Bühne eine kleine Ehrung samt Donate Handover geben sollen.

»Donate was?«

»Scheckübergabe. In der Pause bekam er einen Anruf und ging vor die Tür. Seitdem ist er nicht mehr aufgetaucht.«

»Seine Frau hat ihn als vermisst gemeldet«, ergänzte die Kommissarin. »Das Handy ist aus, es gibt keine Spur von ihm.«

»Und es handelt sich um Tim Perkovic?«, vergewisserte ich mich. »Nicht um Schorsch?« Dem verlotterten Bruder hätte ich zugetraut, in der nächsten Kneipe zu versacken, nur um sich das Konzert nicht weiter antun zu müssen.

Ein Polizist kam mit einer älteren Frau im Schlepptau auf uns zu. So ganz ohne Mitarbeiter war die Kehrer also doch nicht. »Eine Nachbarin«, meldete er. »Sie hat den Vermissten hinter der Stadthalle gesehen.«

Die Frau nickte. »Zusammen mit einem anderen Mann.«

»Können Sie diesen Mann beschreiben?«, fragte die Kehrer. »Haben Sie sein Gesicht gesehen?«

»Leider nein.«

»Schade.«

»Nur seine Schuhe fielen mir auf. So richtige Cowboystiefel waren das.«

»Dann«, sagte ich, »habe ich eine Idee.«

»Mein Mann war den ganzen Abend zu Hause.« Djangos Squaw – pardon: Frau Perkovic – saß neben ihrem Gatten auf dem Sofa und drückte seine Hand. »Den ganzen Abend!«

»Soso.« Vorsichtig nippte die Kommissarin an dem Tee, den die Perkovics uns serviert hatten.

Django warf ihr einen verächtlichen Blick zu. Du Greenhorn! Nur die Spitzen seines schlohweißen Schnurrbarts zitterten ein bisschen.

»Mit wem könnte sich Tim dann getroffen haben?«

Achselzucken. Auf der Kommode neben den beiden standen Fotos von Tim. Als Teenager, mit Schultüte, an der Seite einer aufgebrezelten Blonden. Von Schorsch gab es kein Bild.

»Hatte Ihr Sohn Feinde?«, bohrte die Kehrer weiter.

Django lief rot an. »Wer auf dieser Welt hat keine Feinde?«, bellte er. »Erst recht jemand wie Tim, der gut verdient mit seiner Arbeit.«

»Sie meinen, es könnte um Geld gehen? Eine Entführung?«

»Wir sind ehrliche Steuerzahler«, schnaubte Django. »Mein Sohn genau wie ich. Aber Neider gibt es überall.«

»Tim liebt Jazz«, warf ich ein. »Sie auch?«

Django schaute mich verblüfft an. »Keine Ahnung, Musik interessiert mich nicht. Sein Bruder, Schorsch, der hört dieses Zeug. Bei dem sollten Sie mal nachfragen. Wenn einer neidisch war auf seinen erfolgreichen Bruder, dann er.«

»Sie müssen es wissen«, sagte ich.

Wir trafen Schorsch auf dem Mädchenklo. Es war nicht irgendein Klo, sondern das der Schule, in der sein Vater unterrichtet hatte, und Schorsch war auch nicht zum Vergnügen hier. Mit einer großen Bürste stocherte er im Abflussrohr herum, putzte und spülte nach. Es roch nach Chlor und anderen Appetitbremsen.

»Alles Quatsch«, sagte er und verließ die Kabine. »Was soll ich bei diesem Charity-Scheiß von meinem Bruder?«

»Sie haben Tim also gestern nicht getroffen?«, fragte die Kehrer, die irgendwie blass aussah.

»Nö.«

Ich wollte nachhaken, doch Frau Kommissarin bat darum, das Gespräch außerhalb der Toilette fortsetzen zu können. Sie sei sehr geruchsempfindlich, außerdem kämen ihr in Schulen wie dieser immer sehr unangenehme Erinnerungen, würden regelrecht nach oben gespült … Bevor sie uns vor die Füße kotzte, zog ich sie ins Freie. Wir warteten, bis Schorsch mit dem Kloputz durch war, dann folgten wir ihm durch das Schulhaus.

»Hat dein Alter dir diesen Job besorgt?«, fragte ich.

Er nickte. »Um mich zu demütigen. Dort, wo er der Chef war, darf ich jetzt die Scheiße wegkratzen. Aber egal, Job ist Job, und ich brauche die Kohle.«

»Sie hätten auch Ihren Bruder bitten können, Ihnen etwas zu leihen.« Das kam natürlich von der Kehrer.

»Dann lieber Scheiße wegkratzen«, lachte Schorsch.

Im Gehen fiel mein Blick aus dem Fenster. Vor der Schule standen Bagger, ein Teil des Geländes war eingezäunt. Schon lustig, dass auch hier ein Umbau anstand. Beim Konzertsaal legten Mäzene was drauf. In Djangos Schule eher nicht.

»Klar hätte ich gern so viel Kohle wie Tim«, fuhr Schorsch fort. »Bloß prostituieren tue ich mich dafür nicht.«

»Ihr Bruder ist Berater«, erinnerte die Kommissarin.

»Eben.«

Er öffnete die Tür zu einer kleinen Kammer. An einem Haken hing eine speckige Lederjacke, darunter stand ein Paar Schuhe.

»Sind das Ihre Cowboystiefel?«, fragte die Kehrer.

»Abgelegte von Daddy. Super Qualität, muss ich zugeben.«

Die Kommissarin und ich wechselten Blicke.

»Zwei Stunden Fahrt für die Katz!«, schimpfte die Kehrer. »Und jetzt auch noch das!«

Auf der Autobahn reihte sich Baustelle an Baustelle, es wurde schon dunkel. Drüben in der Pfalz hatten sie Schorschs Alibi bestätigt: Ja, bis Mitternacht hätten sie zusammen Neuen Wein gepichelt, der Schorsch sei erst am Morgen zurück auf die andere Rheinseite.

»Der Bruder kann es nicht gewesen sein, der Vater hat kein Motiv«, grantelte die Kommissarin. »Wir haben uns zu früh auf die Familie eingeschossen, Koller!«

Ich schwieg. Schon wahr, Django hatte kein Motiv. Dafür nur ein wachsweiches Alibi. Und jede Menge Verachtung für Kommissarinnen, die sich nicht trauten, ihm allein gegenüberzutreten. ÖPP statt High Noon!

»Hört die denn nie auf, diese Baustelle?«, fluchte es neben mir.

»Sagen Sie mal ... Wo genau arbeitet Tim eigentlich als Berater?«

Sie nannte mir den Namen einer Gesellschaft, die es in letzter Zeit zu einiger Berühmtheit in der Presse gebracht hatte. Während sich die Kehrer schimpfend durch den Stau kämpfte, suchte ich mir per Handy ein paar Informationen zusammen. Ein Bild ergab das noch nicht, aber wenigstens eine Tendenz. Dann wählte ich Djangos Nummer.

»Hallo, Frau Perkovic. Ist Ihr Mann zu sprechen? Okay, danke, auf Wiederhören.«

Die Kehrer warf mir einen Seitenblick zu. »Nicht zu Hause?«

»Er wollte etwas aus der Schule holen.«

»Um diese Zeit?« Die Polizistin drückte das Gaspedal durch. Baustelle zu Ende.

Djangos ehemalige Schule lag verlassen da. Alles ruhig, alles dunkel, doch die Eingangstür war nicht verschlossen. Eine Zeitlang irrten wir durch die Gänge, bis wir plötzlich ein Geräusch hörten.

»Das kommt von unten«, wisperte mir die Kehrer zu.

Ab ins Kellergeschoss. Tatsächlich, dort hinten drang Licht unter einer Tür hervor. Die Kommissarin zog ihre Dienstpistole, riss die Tür auf und machte einen Schritt in den Raum hinein.

»Waffe weg!«, brüllte sie. »Lassen Sie die Waffe fallen, Perkovic!«

»Vergessen Sie's«, knurrte Django.

Vor ihm kniete sein Sohn. Tim. Ziemlich ramponiert und vor allem zitternd, weil ihm sein Vater eine doppelläufige Winchester gegen die Schläfe drückte. Die Winchester zitterte nicht.

»Hauen Sie ab!«, befahl Django. »Das ist eine Sache zwischen ihm und mir.«

»Sie legen jetzt dieses Ding auf den Boden und …«

»Falsch! Sie legen Ihre Pistole ab. Wenn Sie mich abknallen wollen, bitte. Aber vorher blase ich dem hier den Skalp vom Schädel.«

»Tun Sie's«, raunte ich der Kommissarin zu. Laut sagte ich: »Es geht um Ihre Schule, Perkovic, stimmt's?«

Django starrte mich an. Langsam ging die Kehrer in die Knie, um ihre Pistole auf dem Boden abzulegen.

»Ist Ihr Sohn in den Umbau involviert?«, fragte ich. »Als Berater?«

Der Alte stieß einen Fluch aus. Tim jaulte auf, als das Ende der Winchester über seine Haut schrammte.

»Der hier«, rief Django, »denkt nur ans Geld. Nur! Haben Sie vom Prozess um die A1 gehört? Was der private Betreiber von der Bundesregierung fordert? 800 Millionen Euro! Und wer soll es berappen? Wir ehrlichen Steuerzahler.«

»ÖPP«, nickte ich, weil die Kehrer nicht kapierte.

»Erst hat mein Sohn die Regierung beraten, jetzt berät er den Betreiber. Und scheffelt Millionen dafür! Okay, das hätte ich vielleicht noch hingenommen. Aber dass er jetzt das Gleiche bei meiner alten Schule wiederholt, das war zu viel.«

»Das hier ist auch ein ÖPP-Projekt?«, fragte ich.

»Aber ein ganz sauberes«, wimmerte der Sohn. »Ehrlich, Papa, für die Stadt ist das …«

»Maul da unten!«, schnauzte Django. »Wir zwei gehen

jetzt raus und regeln das. So lange bleiben unsere Gäste hier.«

Die Winchester im Anschlag, nahm er uns die Handys ab, scheuchte uns in eine Ecke und verließ zusammen mit Tim den Raum. Als er abschließen wollte, blitzte etwas hinter ihm auf. Es gab einen Schlag, und er fiel um.

Schorsch kam in Sicht, eine verbogene Klobürste in der Hand. Sofort schnappte sich die Kehrer Djangos Waffe.

»Danke, Bruder«, hauchte Tim.

Viel später, wir standen gähnend vor dem Schulhaus, gratulierte mir die Kommissarin zur erfolgreichen Zusammenarbeit.

Und Tim versprach Schorsch, ihn als Co-Berater einzustellen.

NOVEMBER

TOTENSONNTAG

Als ich die Augen aufschlug, war es dunkel. Dunkel und still. Erst tat ich nichts. Wartete, horchte, atmete ganz ruhig. Dann streckte ich vorsichtig eine Hand aus – und traf auf eine Wand. Eine glatt verputzte, kühle Wand. Sehen konnte ich nichts, aber meine Fingerkuppen erspürten jedes Detail.

Langsam tastete ich weiter. Fühlte plötzlich eine Erhebung, einen … ja, einen Lichtschalter. Kurzes Zögern, dann drückte ich ihn. Lichter flammten auf. Ich stand mitten in einem Flur, schnurgerade, zu beiden Seiten Türen. An seinen Enden jeweils eine Wand.

»Schau ruhig rein in die Zimmer«, hatte Janne gesagt. »Keine Scheu, Max!«

Also ging ich los. Setzte einen Fuß vor den anderen. Ich erreichte die erste Tür, legte meine Hand um den Griff und stieß sie auf. Ein großer Raum, spärlich möbliert, im Zentrum ein Billardtisch mit Queue und Kugeln. Niemand da. Im Billard bin ich eine ausgesprochene Niete, aber hier, so ohne Zeugen, hätte ich einen Stoß wagen können.

Stattdessen nahm ich mir das nächste Zimmer vor. Als ich eintrat, streifte mich ein kühler Windzug, in einem Fenster flatterten die Vorhänge. Hier drin herrschte Chaos. Zerfledderte AC/DC-Poster an den Wänden, eine alte Kicker-Tabelle, in der Ecke eine Ledercouch mit Bierflecken, Zeitschriften, volle Aschenbecher, Chipstüten, dreckige Teller … Gänsehaut. In genau so einem Loch hatte ich mir mit Gabor die Nächte um die Ohren geschlagen. Es roch sogar wie damals. Verdammt lang her.

Tür wieder zu, weiter. Herrgott, was war das? Direkt vor mir, mitten im Flur, klaffte ein Spalt! Einen halben Meter breit war der Durchbruch, man sah bis in den Keller. Ich stellte mich an den Rand der Öffnung und hob einen Fuß. Wenn ich jetzt einen Schritt nach vorn machte, in das Loch hinein … Warum tat ich es nicht?

Ich zog den Fuß zurück und drückte mich außen um den Spalt herum.

Die nächste Tür, nur angelehnt. Sie knarrte ein wenig, als sie aufschwang. Ich sah in ein Schlafzimmer mit zerwühltem Bett und Kleidern auf dem Boden. War da jemand? Ich machte einen Schritt in das Zimmer hinein. Dann spürte ich eine Hand auf meiner Schulter.

Ich fuhr herum.

Und begann zu schreien.

Runter mit der verfluchten Brille, mit den Handschuhen, den Kopfhörern und all dem anderen Kram! Fast hätte ich das Zeug gegen die Wand gepfeffert. Das Echo meines Schreies hallte noch durch den Raum. Ich zitterte am ganzen Körper. Janne saß vor dem Computer und warf mir halb erschreckte, halb verzückte Blicke zu.

»Was soll diese Scheiße?«, brüllte ich.

»Hast du ihn gesehen? Du hast ihn gesehen!«

»Ich weiß nicht, was ich gesehen habe. Jedenfalls will ich das nie wieder erleben, hörst du? Nie wieder!« Ich warf die Brille und alles auf den Tisch, dann riss ich mir die Jacke mit dem ganzen Kabelsalat vom Leib. Janne bat mich, vorsichtig zu sein, aber ich wollte nur noch raus aus dieser Zwangsjacke, raus aus dieser Lüge von Welt.

»Was hat er gesagt?«, wollte Janne wissen, während sie mich abstöpselte. »Konntet ihr miteinander sprechen?«

»Sprechen? Du glaubst, ich quatsche mit so was?«

»Er hat sich bestimmt gefreut, dich zu sehen, Max.«

Ich starrte sie an. Wovon redete sie? Janne war schon immer speziell gewesen, aber das hier übertraf alles.

»In den letzten Wochen lag er mir ständig in den Ohren, dass du ihn mal besuchen solltest. Es war ihm wirklich wichtig.«

»Das hat er dir gesagt? Gabor?«

Sie nickte.

»Er spricht also mit dir, wenn du ihn …«, ich deutete auf die Brille, »wenn ihr euch in eurer virtuellen Welt trefft?«

»Natürlich.«

»Aber er kann nicht sprechen, Janne. Ich meine, nicht so wie ein echter Mensch.«

»Klar kann er das. Probier's aus, Max, wenn du mir nicht glaubst.«

»Janne!« Ihr Blick machte mich rasend, dieser treuherzige, glückssatte Hundeblick. »Gabor ist tot. Tot! Das musst du akzeptieren, so leid es mir tut.«

Sie schüttelte den Kopf. »Er lebt, Max. Und wir verstehen uns besser als je zuvor.«

Gabor war Anfang des Jahres gestorben. Eine Überdosis, aus und vorbei. Kennengelernt hatten wir uns während meines kurzen Ausflugs an die Uni, vor ewigen Zeiten also, und schon damals pendelte er zwischen Genie und Wahnsinn. Die Softwarefirmen rissen sich um ihn, aber sozialverträglich war er nicht. Woran andere ein Jahr lang programmierten, das schaffte er in wenigen Wochen, wenn er nicht gerade im Alkoholsee trieb oder durch den Kiffernebel tappte. Die Beziehung zu Janne schien ihm Halt zu geben, obwohl auch Janne für so manchen Trip zu haben war. Gesehen hatte ich ihn in den letzten Jahren kaum noch, nur gehört, dass er ein neues Steckenpferd hatte: Virtual Reality.

»Komm doch mal vorbei, Alter«, hatte er mir geschrieben. »Ich zeig dir, wie die Welt von morgen aussieht.«

Ich war nicht gekommen. Was kümmerte mich die Welt von morgen? Die von heute machte mir genug zu schaffen.

Als ich von Gabors Tod hörte, meldete sich prompt mein schlechtes Gewissen. Eine verpasste Gelegenheit, wieder mal. Nachholen unmöglich. Ich versprach Janne, sie so bald wie möglich zu besuchen. Und dann dauerte es doch bis heute.

»Wir freuen uns«, hatte Janne am Telefon gesagt.

Wir? Schon das hätte mich stutzig machen sollen.

»Ja, er lebt«, wiederholte sie eindringlich. »Es ist eine neue Form der Existenz, etwas ganz Spezielles. Wenn du wüsstest, wie wir jetzt miteinander umgehen, Gabor und ich! Da ist kein Streit mehr, kein Missverständnis. Unsere Beziehung hat unglaublich an Intensität gewonnen.«

»Beziehung nennst du das? Die Begegnung mit einer Handvoll Bits und Bytes?«

»Es ist mehr, Max, du hast es ja selbst erlebt. Sei ehrlich: Er sah exakt so aus wie früher, richtig?«

Ich verdrehte die Augen. Streng genommen sah er sogar besser aus als damals. Gesünder. Clean. »Hast du mal ein Bier für mich?«, fragte ich.

Janne ging zum Kühlschrank und entnahm ihm eine Flasche. »Gabor hört mir zu, er gibt mir Ratschläge, er fragt nach seinen Bekannten. Da ist so ein Ausdruck in seinen Augen, der ihn absolut liebenswert macht. Wir berühren uns. Hat er dich nicht umarmt?«

Ich nahm einen Schluck. Echtes, eiskaltes Bier! Gabors Hand auf meiner Schulter hatte sich allerdings auch verdammt echt angefühlt. Wie der Boden geknarrt hatte, die Tür! Der muffige Geruch in Gabors Zimmer, der Wind auf meiner Haut … Gruselig.

»Wir haben sogar Sex miteinander«, hauchte Janne, und ihre Augen wurden ganz weit. »Besonderen Sex, verstehst du?«

»Janne.« Es gab ein hässliches Geräusch, als ich die Flasche auf den Tisch knallte. »Gabor ist tot. Ende der Durchsage.«

Sie blickte mir fest in die Augen. »Du hältst mich für

verrückt, Max, ja? Da kann ich dir nur eines sagen: Die Menschheit wird die Bedeutung von Leben und Tod neu überdenken müssen. Du auch.«

Wieder der Flur. Die zuckenden Deckenleuchten, die Türen beiderseits. Und da: der Spalt im Boden. Ich wusste, dass er nur in meiner Einbildung existierte, in dem, was die Brille mir vorgaukelte. Trotzdem hütete ich mich davor hineinzutreten. Auch wenn ich nicht in echt fallen würde, konnte mir der Computer reale Schmerzen zufügen, konnte mir Stromstöße durch die Jacke schicken oder mein Schmerzzentrum piesacken. Also drückte ich mich an dem Spalt vorbei und öffnete die Tür zu Gabors und Jannes Schlafzimmer.

Diesmal stand er neben dem Bett und sah mir entgegen.

Mir lief ein Schauer über den Rücken. Keine Ahnung, ob er aus mir selbst kam oder aus dem Programm. Mein Mund wurde trocken.

»Hallo, Gabor«, krächzte ich.

»Hallo, Max. Schön, dass du gekommen bist.«

Es war seine Stimme. Seine Sprechweise. Er streckte eine Hand aus. Nach einigem Zögern nahm ich sie. Und verdammt, ich nahm sie wirklich! Ich spürte ihren Druck, ihre Wärme, ihre ganze Gegenwart.

Ich spürte, dass Gabor lebte.

»Wie geht es dir?«, fragte er.

»Danke, gut. Und dir?« Ich musste mich beherrschen, um nicht loszuschreien. Einen Toten fragen, wie es ihm geht, hallo? Aber er lebte ja! So hatte er immer gegrinst, so sich am Ohr gekratzt.

Janne hatte recht gehabt …

»Darf ich dich was fragen, Max?«

»Klar.«

»Warum habe ich damals mit Ramona Schluss gemacht?«

»Ramona?« Was sollte das? Hatte er es vergessen? Wozu wollte er es wissen, jetzt, nach seinem Tod?

»Warum, Max?«

»Weil sie schwanger war«, stotterte ich. »Damit konntest du nicht …«

»Korrekt.« Ich sah, wie er etwas aus der Hosentasche zog. »Hier, lies.«

»Ein Brief? Für mich?« Vorsichtig griff ich nach dem Umschlag, den mir Gabor hinhielt. Im nächsten Moment wurde es dunkel. Das Zimmer, Gabor, der Brief, alles war weg, auch alles andere, was ich gespürt und gefühlt hatte, war verschwunden. Zurück blieb fade Realität.

»Sorry«, hörte ich Janne sagen. »Computerabsturz.«

»Gabor hat schon vor Jahren einen 3-D-Scan von sich erstellt, ein frei manipulierbares Abbild seiner selbst.« Janne prostete mir zu. »Seitdem hat er das Programm immer mehr verfeinert. Er ist ein Genie, findest du nicht?«

Ich nickte.

»Ohne seine Arbeit wäre ich jetzt allein, wahrscheinlich hätte ich mich längst umgebracht. Überleg mal, seit seinem physischen Tod habe ich nicht einmal geweint. Es besteht ja auch kein Grund.«

»Du meinst, dir fehlt nichts? Gar nichts?«

»Was denn?« Verständnislos sah sie mich an.

»Keine Ahnung. Ins Kino gehen mit ihm.«

»Machen wir regelmäßig.«

»Urlaub am Strand, im Regen tanzen …«

»Max«, lachte sie. »Wie bist du denn drauf? All das können wir zwei jetzt immer tun, wann und wo wir wollen. Domrep, Neuseeland, egal: Brille auf und genießen! Und bald brauche ich nicht mal das. Ich lasse mir Chips implantieren oder einen Nanobot, dann bin ich immer mit ihm verbunden.«

»Für dich ist das wirklich ein gleichwertiger Ersatz?«

»Du hast es doch selbst erlebt.«

Ja, das hatte ich. Trotzdem hatte ich keinen Bock darauf. Eine Sache allerdings interessierte mich.

»Janne … Lässt du mich noch mal mit Gabor sprechen?«

»Klar. Geht es um diesen Brief?«

»Ich glaube, er ist von Ramona, mit der war er mal zusammen.«

»So?« Sie schaute argwöhnisch.

»Ewig her, Janne, keine Sorge.«

»Na gut.«

Man gewöhnt sich an alles. Meine dritte Begegnung mit dem toten Gabor löste keine Schauer mehr aus. Demnächst würden wir ein Bier zusammen saufen, wir zwei!

»Hallo, Max. Darf ich dich was fragen?«

»Frag.«

»Wie viel Schnaps haben wir beim Tod von Lady Di gekippt?«

Schon wieder so eine Damals-Frage! Einen schrägen Humor haben sie, unsere Toten. »Du 22, ich 20«, antwortete ich. »Stimmt's?«

Er nickte, zog den Briefumschlag aus der Tasche und reichte ihn mir. Ich griff danach. Spürte die glatte Oberfläche des Papiers zwischen meinen Fingern. Der Umschlag war zugeklebt. Kein Absender, kein Adressat. Ich wollte den Brief schon aufreißen, als ich sah, dass Gabor einen Finger auf den Mund gelegt hatte.

In diesem Moment kapierte ich. Ramonas Schwangerschaft, die 22 Schnäpse: Das waren Kontrollfragen. Fragen, die nur ich beantworten konnte. Gabor wollte sichergehen, dass dieser Typ, der da aus der sogenannten Realität in seine Welt kam, tatsächlich Max Koller war. Und nicht ein anderer. Nicht Janne.

»Mensch, Junge, ein Zauberwürfel«, sagte ich und bewegte beide Hände kreisend umeinander. Von außen – sagen wir: von dort, wo Janne saß – sah es vielleicht so aus, als hantierte ich mit einem Würfel. Drinnen dagegen, in Gabors Schlafzimmer, öffnete ich im Kreisen den Brief. Stück für Stück. Jetzt noch auseinanderfalten, ohne jede Hektik.

»Lieber Max«, stand da in Gabors Handschrift. »Wenn du das liest, bin ich tot. Gestorben durch Jannes Hand. Ich weiß nicht, wie sie es anstellen wird, aber sie wird es tun. Es sei denn, ich schaffe es, sie vorher umzubringen, aber ich fürchte, dazu bin ich nicht in der Lage. Sie wird es wie einen Unfall aussehen lassen. Und sie wird allen die große Liebe vorheucheln. Nimm diesen Brief und geh damit zur Polizei. Viel Erfolg – Gabor.«

Ich blickte auf. Der Tote stand vor mir und sah mich ernst an.

»Wird erledigt, alter Junge«, sagte ich.

Dann hörten wir ein Geräusch. Jemand hatte die Schlafzimmertür zugezogen. Anschließend drehte sich ein Schlüssel im Schloss.

DEZEMBER

SANKT NIKOLAUS

»Sie?« Überrascht schaute Kommissarin Kehrer vom Computer auf. »Dass Sie mich mal bei der Arbeit besuchen …«

Ich zog mir einen Stuhl heran und setzte mich ihr gegenüber.

»Alles in Ordnung, Herr Koller? Sie schauen so … so wenig weihnachtlich drein, wenn ich das sagen darf.«

Statt einer Antwort beugte ich mich nach vorn und legte beide Fäuste nebeneinander auf den Tisch. Die Kehrer hob eine Braue. Eine Zeitlang verharrte ich in dieser Haltung, dann sagte ich: »Verhaften Sie mich.«

Die Kehrer blickte auf meine Hände und schwieg.

»Verhaften Sie mich, Frau Kommissarin.«

»Warum sollte ich das tun?«

»Diebstahl.«

»Nicht mein Ressort.«

»Lüge. Meineid. Vorspiegelung falscher Tatsachen.«

Sie lachte. »Bin ich Pfarrer?«

»Und wenn ich Ihnen sage, dass ich einen kleinen Jungen umgebracht habe?«

»Sie?«

Es war ganz still in ihrem Büro. Draußen fiel Schnee, dicke Flocken, es wollte gar nicht mehr aufhören, jeglichem Klimawandel zum Hohn.

»Sie haben niemanden umgebracht, Koller. Außerdem: Warum tragen Sie falsche Augenbrauen?«

Ich nahm eine Hand vom Tisch und betastete meine Augenpartie. Tatsache, da hatte ich wohl etwas vergessen.

»Okay«, seufzte ich, »ich erzähle es Ihnen.«

Mitten im schönsten adventlichen Schneetreiben stand ich auf der Hauptstraße und verteilte Flyer. Gäbe es eine Weltmeisterschaft im Flyerverteilen, ich hätte sie gewonnen. Alle naslang blieben Kinder vor mir stehen und starrten mich ehrfürchtig an. Ein Mädchen fragte sogar, ob es meinen Mantel befühlen durfte.

»Aber sicher«, sagte ich mit tiefer Stimme und drückte seiner Mutter einen Flyer in die Hand.

Was draufstand auf den Zetteln? Egal. Werbung für einen Juwelier, für ein Feinkostgeschäft, für anderen Edelkram. Entscheidend war nicht der Inhalt, sondern das Outfit. Und mit meinem konnte keiner mithalten. Weder der Weihnachtsmann dort drüben in seiner rot-weißen Billigmontur noch der Rauschgoldengel mit Nasenpiercing. Mir hatten sie einen weinroten Pelzmantel mit schneeweißem Besatz umgehängt, einen täuschend echten Bart angeklebt und einen goldglänzenden Bischofsstab in die Hand gedrückt. Max Koller, der Lamborghini unter den Nikoläusen!

»Wir bewerben Hochpreisartikel«, hatte der Typ von der Agentur beim Einkleiden gesagt, »also brauchen wir auch einen Hochpreisnikolaus.«

Und so blickte ich gütig unter meinen buschigen Brauen auf die Menschheit, genoss die Bewunderung und verteilte Flyer.

»Ist das der echte?«, hörte ich einen Knirps im Vorbeigehen flüstern. Ich zwinkerte ihm zu.

Aber dann sah ich etwas glitzern. Im Schneematsch neben einer Laterne. Am Ende tritt da noch einer drauf, dachte ich, bückte mich und steckte die Kette ein. Sie sah wertvoll aus. Wer verlor so etwas? Später, wenn ich hier fertig war, würde ich mich darum kümmern.

Später.

Kaum hatte ich den Gedanken an die Kette erfolgreich verdrängt, als ein Mann auf mich zukam.

»Sie«, sagte er. »Sie brauche ich. Es ist dringend.«

Als wir uns der Kinderklinik näherten, wurde mir ein bisschen mulmig zumute. Krankenhäuser sind die eine Sache. Krankenhäuser für Kinder noch mal eine ganz andere. Vor allem, wenn sie einem so unwirklich vorkommen wie dieses hier. Ein bunt verglastes Gebäude, tanzender Schnee unter den Laternen, darüber ein pechschwarzer Himmel. Mehr Raumstation als Krankenhaus.

Der Typ, der mich engagiert hatte – ein Herr Schmelzer vom International Office der Uniklinik –, stellte seinen Wagen auf dem Besucherparkplatz ab, dann lotste er mich zum Haupteingang.

»Wie alt, sagten Sie, ist der Patient?«, fragte ich im Aufzug.

»Neun«, antwortete Schmelzer. »Übrigens, er kommt aus Saudi-Arabien.«

»Und warum will er dann einen Nikolaus sehen? Oder gibt es im Islam auch so was?«

Achselzucken. »Er hat mitgekriegt, wie andere Kinder Besuch vom Nikolaus bekamen.«

Der Aufzug hielt. Wir betraten eine Krankenstation mit Kinderbildern an der Wand. Heimelige Farben, ein Spielzimmer, davor eine Plastiklok zum Draufrumfahren. Hübsch. Nur der Geruch war der gleiche wie in allen Krankenhäusern dieser Welt.

»Kümmern Sie sich nicht um die Umstände«, sagte Schmelzer und blieb vor einer Tür stehen. »Spielen Sie einfach Ihre Rolle, damit bereiten Sie dem Jungen eine Freude, die er nicht vergessen wird.«

Er klopfte, öffnete die Tür und machte einen Schritt über die Schwelle. Ich hörte ihn etwas auf Arabisch sagen, offenbar kündigte er mich an. Dann gab er den Weg frei.

Ich holte tief Luft und trat ein.

Außer Schmelzer und mir befanden sich fünf Menschen in dem Zimmer. Rechts stand eine junge Frau mit Kopftuch und telefonierte. Links gab es eine weitere Frau, ebenfalls im Kopftuch, dazu ein älterer Mann und ein vielleicht sechsjähriger Junge. Sie alle hantierten mit Handys, Tablets et cetera. Eine seltsame Parfümmischung lag in der Luft. Und dann war da noch der Patient, der zwischen all diesen Leuten in seinem Bett lag oder eher saß, denn das Kopfteil war hochgestellt. Eingewickelt in ein Netz aus Kabeln und Schläuchen, hockte er da, und wenn ich nicht gewusst hätte, dass es sich um einen Jungen handelte, hätte ich von einem geschlechtslosen Wesen gesprochen. Er hatte keine Haare mehr, nicht einmal Brauen, alles Persönliche war aus seinen Zügen verschwunden. Eine Folge der Krankheit vermutlich. Nur seine Augen leuchteten dunkel aus dem blassen Gesicht.

Der Junge starrte mich an. Seine Verwandten ebenso, auch wenn sie dabei telefonierten oder chatteten.

»Guten Tag«, sagte ich und kam näher. Fest umschloss meine Hand den Bischofsstab. Der haarlose Junge glotzte. Die Madame rechts quasselte weiter auf Arabisch. Draußen schneite es. Ich war der Heilige Sankt Nikolaus.

»Na, mein Junge«, sagte ich, als ich am Bett des Patienten angelangt war, »wie heißt du?«

Ich fragte, ohne nachzudenken, ohne zu wissen, ob der Knabe überhaupt Deutsch verstand. Es waren Worte, die einfach zu meiner Rolle gehörten, und ich war schon drauf und dran, die Frage auf Englisch zu wiederholen, als die blassen Lippen des Jungen auseinandergingen und einen Namen hauchten: »Yassin.«

Seine Stimme war tonlos, nicht Jungen-, nicht Mädchenstimme. Sie hatte etwas Geisterhaftes.

»Schön. Yassin.« Ich sah mich um. »Und das ist deine Familie?«

Niemand reagierte. Sie glotzten bloß weiter. Auch Schmelzer, der irgendwo im Hintergrund stand, schwieg.

Ich begann zu schwitzen. Wegen meiner Montur, klar, vor allem aber wegen der Atmosphäre.

»Okay«, wandte ich mich wieder Yassin zu. »Und du, bist du denn brav gewesen dieses Jahr?«

Statt einer Antwort starrte er mich an. Und ich starrte zurück, in dieses bleiche, trostlose Kindergesicht.

»Nikolaus?«, flüsterte er.

»Ja«, nickte ich, »das bin ich. Der Nikolaus.«

»Du ... Nikolaus?«

»Sicher.« Meine Hand krampfte sich um den Bischofs-stab. »Myra, schon mal gehört? Liegt in der Türkei. Mein Heimatort.« Bei der Agentur hatten sie Wert darauf gelegt, dass ich die Details meiner Vita kannte.

Yassin sagte etwas, aber so leise, dass ich es nicht ver-stand. Erst nach zweimaliger Wiederholung wurde mir klar, dass er mich um ein Geschenk bat. Logisch, alle anderen Knirpse hatten etwas aus dem Nikolaus-sack gekriegt. Und ich hatte nichts, weder Sack noch Geschenk. Hastig kramte ich in meinen Manteltaschen. Vielleicht flog noch irgendwo ein Kaugummi rum ... Und dann hielt ich plötzlich die Kette in der Hand. Die aus der Hauptstraße.

»Wäre das hier okay?«

Der Junge nahm die Kette mit seinen dünnen Fin-gern und betrachtete sie. Von seiner Verwandtschaft kam nichts. Bei den Saudis gehörten derartige Klunker wahr-scheinlich zum Standard.

Und dann begann Yassin zu sprechen. Nicht deutsch, sondern arabisch. Es brach regelrecht aus ihm heraus, ein Schwall von heiseren, zerbrechlichen Silben, über denen sein angstvoller Blick schwebte. Er sprach und sprach … Hilflos drehte ich mich zu Schmelzer um, der sein Handy wegsteckte und zu uns ans Bett kam. Auch die Frau im Kopftuch beendete ihr Telefonat.

»Was sagt er?«, zischte ich Schmelzer zu, als Yassin endlich fertig war.

»Er will wissen, was mit ihm passiert, wenn er stirbt«, antwortete der Mann. »Was nach dem Tod kommt.«

»Und das soll ich ihm …?«

Schmelzer zuckte die Achseln.

Mir blieb die Luft weg. Ich konnte doch nicht … Wieso ich? Warum glaubte der Junge, dass ich …? Verfluchte Maskerade!

Ich suchte nach Worten, wich seinem Blick aus. Aber bevor ich etwas sagen konnte, verdrehte Yassin die Augen. Sein Kopf kippte zur Seite, gleich darauf begann ein Apparat über ihm zu piepsen. Schmelzer machte einen Schritt nach vorn und drückte einen Knopf. In Yassins Verwandtschaft brach Hektik aus.

»Kommen Sie«, sagte Schmelzer und schob mich zur Tür hinaus. Zwei Schwestern eilten in Yassins Zimmer.

Ich stand am Fenster und starrte hinaus in den Winterabend. In die Dunkelheit und das Schneetreiben. Gegenüber lagen Sportplätze im Flutlicht, weiter links der Zugang zur Jugendherberge, irgendwo dahinter der Neckar. In der Scheibe spiegelte sich mein bärtiges Antlitz. Käme jetzt der Heilige Nikolaus auf die Erde zurück, er würde den Glauben an die Menschheit verlieren. Raketen abfeuern, das könnt ihr, würde er sagen. Die Luft verpesten, Flüsse töten, euch gegenseitig umbringen, all das könnt ihr. Aber einen Neunjährigen vor dem Sterben bewahren, das kriegt ihr nicht hin. Das nicht.

Schmelzer trat neben mich und sah ebenfalls aus dem Fenster.

»Er möchte Sie noch mal sehen«, sagte er.

Ich schwieg.

»Nur kurz. Kommen Sie?«

»Wen will er sehen?«, fuhr ich auf. »Mich oder den Nikolaus? Sie haben mich da in eine beschissene Lage gebracht, wissen Sie das?«

Wieder dieses kühle Achselzucken. »Beschissen? Der Junge hat überall Metastasen, er wird Silvester nicht erleben. Und da reden Sie von beschissen? Aber bitte, niemand zwingt Sie.«

Schweigend trottete ich hinter ihm her. Yassin lag mit geschlossenen Augen im Bett, das Kopfteil war heruntergestellt. Eine der Frauen wischte sich Tränen aus dem Gesicht, als ich kam.

Ich trat ans Bett und beugte mich über den Jungen. Schlief er? Nahm er noch etwas wahr? Er hatte doch nach mir gefragt. Lange war es sehr still in dem Zimmer. Schließlich griff ich nach seiner Hand. Seine Lider öffneten sich einen Spalt.

»Hey, Yassin«, flüsterte ich. »Ich bin's, der Nikolaus. Du brauchst keine Angst zu haben. Alles wird gut. Wenn du tot bist ... Weißt du, man ist ja nicht weg. Nur woanders. Wo es bestimmt nicht übel ist. Nicht schlechter als hier jedenfalls. Du wirst alle treffen, die du magst. Freunde, Verwandte und so. Und du brauchst auch nicht zu warten, weil … Zeit spielt dann keine Rolle mehr. Krebs auch nicht. Nie wieder Kabelsalat, keine Bestrahlungen mehr, überleg mal! Da ist nichts Schlimmes dran, am Tod, im Gegenteil. Das kannst du mir glauben.«

Ich schloss die Augen, während ich sprach. Ich wollte schreien, aber ich beherrschte mich.

»Wir sehen uns, Yassin«, sagte ich und ließ seine Hand los.

Eines seiner Lider zuckte. Seine Lippen bewegten sich. Hören konnte ich nichts, aber ich glaube, sie formten das Wort »Nikolaus«.

Auf dem Nachttisch lag die Kette, die ich gefunden hatte.

Als ich fertig war mit meiner Beichte, herrschte erst einmal Schweigen im Büro von Kommissarin Kehrer. Der Computer summte, in der Heizung gluckerte das Wasser.

»Was zu trinken?«, sagte die Kehrer schließlich und stand auf.

Ich winkte ab.

Sie setzte sich wieder. Stille.

»Mein Mann und ich waren mal in der Türkei«, hörte ich sie irgendwann sagen. »Auch bei diesem … wie hieß der Ort? Myra, genau. Na ja.«

»Und?«

Sie sah mich an. »Wir sind geschieden.«

Ich nickte. »Was ist, verhaften Sie mich jetzt?«

»Weswegen noch mal?«

»Sie haben doch gehört, wie ich den Jungen belogen habe. Nach Strich und Faden. Und wenn er heute stirbt, dann wegen mir. Also tun Sie Ihre verdammte Pflicht und …«

»Ach, Herr Koller«, unterbrach sie mich. »Ich hole uns jetzt doch etwas zu trinken.«

Ich schwieg. Der Anblick des blassen Jungen ging mir nicht aus dem Kopf.

»Aber vorher nehmen Sie bitte diese furchtbaren Nikolausbrauen ab, ja?«

»Das sind meine eigenen Brauen, Frau Kehrer«, sagte ich. »Meine, capito? Weiß geworden an einem einzigen Tag.«

ANHANG

2017

ALLES BIO

1

»Okay, Herr Koller, ich wäre so weit.«

»Schön.«

»Dann verraten Sie uns doch mal, an welchem Fall Sie gerade dran sind.«

»Aktuell? Tut mir leid, junger Mann, das darf ich nicht.«

»Wieso nicht?«

»Mandantenschutz. Selbst wenn du von der Polizei wärst, würde ich schweigen.«

»Für die Leser unserer Schülerzeitung wäre das aber superspannend. Die interessieren sich brennend für das, was Sie momentan so treiben.«

»Sorry, keine Chance.«

»Och, schade.«

»Hm. Ich könnte natürlich etwas erfinden. Einen Fall konstruieren, der meinem derzeitigen ähnelt. Um euch einen Eindruck davon zu verschaffen, wie es manchmal läuft.«

»Ja, warum nicht?«

»Na gut. Dann versetzen wir uns in eine Stadt hier in der Nähe.«

»Welche?«

»Keine bestimmte. Ich erfinde. Alles nur als ob, verstehst du? So eine Durchschnittsstadt, nicht sehr groß, hübsche Gegend. Keine besonderen Vorkommnisse. Aber plötzlich gibt es einen Brand. Die Kühlhalle einer bedeutenden Firma: futsch. Ein Millionenschaden, und das kurz vor dem 100-jährigen Firmenjubiläum. Na, zumindest zahlt die Versicherung. Bevor sie das tut, schaltet sie allerdings einen Ermittler ein. Der soll herausfinden, ob der Brand nicht mit Absicht gelegt wurde.«

»Voll spannend, Herr Koller!«

»Meinst du? Ich weiß nicht.«

2

Eine Neubausiedlung, schon etwas in die Jahre gekommen. Vor der Garage eines Einfamilienhauses steht ein Mann und wäscht seinen Wagen. Im Hintergrund läuft das Radio. Fußball, eine Liveübertragung. Die Sonne scheint.

Ein Mann – sein Name ist K. – schlendert an dem Haus vorbei, beginnt zu lauschen und bleibt schließlich stehen.

»Dritte Liga?«, ruft er dem Autobesitzer zu.

Der nickt.

»Darf ich kurz mithören? Müsste gleich Schluss sein, oder?«

Wieder Nicken.

Die aufgeregte Reporterstimme. Leise Putzgeräusche. Schaum auf der Motorhaube. K. wippt auf den Fußspitzen vor und zurück. An einem Haken in der Garage hängt eine Jacke mit Firmenlogo und dem Aufdruck »Werkschutz«.

»Arbeiten Sie dort?«, fragt K.

Der andere schaut zur Jacke, brummt etwas Unverständliches und wendet sich wieder seinem Wagen zu.

»Schrecklich, das mit dem Brand«, sagt K. »Gut, dass niemand zu Schaden kam.«

»Ja.«

»So eine riesige Halle. Und dann brennt die komplett ab. Komplett!«

»Nicht ganz.«

»Stimmt, ein paar Mauern stehen noch. Trotzdem ungewöhnlich.«

»Passiert.«

Da, die Riesenchance für die Heimmannschaft! Kläglich vergeben. K. spaziert einmal um den Wagen herum. Auf dem Heck prangt der Name eines ortsansässigen Autohauses. »Toller Schlitten«, nickt er anerkennend. »Könnt ich mir nicht leisten. Sie?«

»Bin halt 'n Sparfuchs.«

»Trotzdem, so als Werkschutzmitarbeiter …«

Der Autowäscher richtet sich auf. Seine Hand klammert sich um den Lappen. Es wäre interessant zu erfahren, was er dem Besucher sagen möchte, doch in diesem Augenblick schwappt Jubel durch die Einfahrt.

»Und da ist es«, quäkt es aus dem Radio, »da ist es endlich: das erlösende Eins zu Null!«

Die Hand mit dem Lappen ballt sich zur Faust.

3

»Oberstes Ermittlercredo: Rückschläge verkraften können! Manchmal kommt man einfach nicht weiter, egal mit wie vielen Leuten man spricht.«

»Verstehe.«

»So ergeht es auch unserem Ermittler. Dem aus der fiktiven Stadt. Weil niemand bereit ist, mit ihm zu reden, versucht er es anders. Er recherchiert und stößt auf einen Zeitungsartikel, in dem die Firma schwer belastet wird.«

»Um was für eine Firma handelt es sich eigentlich, wenn ich fragen darf?«

»Nun ... ein Lebensmittelproduzent. Fleisch und Wurstwaren, diverse Standorte in Deutschland. Allerdings total bio. Nachhaltig, wenn du verstehst, was ich meine. Der Bericht behauptet nun aber, es gebe massive Zweifel an dem ›bio‹. Da seien Gutachten manipuliert worden, kritische Stimmen unterdrückt.«

»Oha.«

»Kommt vor, so was. Wobei ich noch erwähnen sollte, dass dieser Artikel in einer überregionalen Zeitung erschien. Nicht in der vor Ort.«

»Interessant.«

»Was macht nun unsere Firma? Die kontert: alles gar nicht wahr, die Zeitung übertreibe maßlos, reiße einzelne Aussagen aus dem Zusammenhang. Viel mehr passiert nicht.«

»Aber was hat das mit dem Brand zu tun?«

»Nichts. Jedenfalls nicht unmittelbar. Unser Ermittler ist halt frustriert, weil er nichts Konkretes herausgefunden hat, weshalb er die Sache von einer anderen Seite angeht.«

»Er macht auf eigene Faust weiter?«

»So könnte man es nennen.«

4

Die Kita Löwenzahn liegt in einem Neubaugebiet. Alles hell, alles freundlich, über der Eingangstür eine Reihe von Sponsorenlogos: Bauermöglicher. Im Windschatten einer gestressten Mutter schlüpft K. ins Haus. Aus dem Garten dringen plärrende Kinderstimmen. Erst singen die Pimpfe ein Frühlingslied, dann erzählen zwei adrette Damen etwas über gesunde Ernährung und glückliche

Nutztiere, und am Ende drücken sie jedem Kind eine Bio-Knackwurst in die Hand. Wahlweise Rind für Muslime.

»Darf ich fragen, was Sie hier machen?«, kommt eine kräftige Erzieherin auf K. zu.

K. erklärt, dass er dringend mit einer der beiden Damen sprechen müsse, aber das beeindruckt die Erzieherin nicht, sie schmeißt ihn raus. Eine halbe Stunde wartet er vor der Kitatür, bis die zwei endlich auftauchen. Täschchen, Köfferchen und links über der Brust jeweils ein Namensschild.

»Schöner Vortrag«, wendet sich K. an die ältere der beiden.

»Danke.«

»Vor allem, wenn man bedenkt, dass Sie letztes Jahr kurz vor dem Rauswurf standen.«

»Bitte? So ein Unsinn.« Sie zückt einen Autoschlüssel und drückt auf die Entsperrtaste.

»Sie haben die Firmenleitung in einer Mail vor der Verwendung von Zusatzstoffen gewarnt, die im Verdacht stehen, Krebs zu erregen«, sagt K. »Als das öffentlich wurde …«

»Falsch«, unterbricht sie. »Ich habe darauf hingewiesen, dass es nicht genügend Studien zu diesem Thema gibt. Mittlerweile gibt es sie, und unsere Bedenken sind ausgeräumt.« Sie geht zu einem Geländewagen, öffnet die Fahrertür und steigt ein.

»Darunter ist auch die Studie einer privaten Hochschule, die von Ihrer Firma finanziell unterstützt wird.«

»Zweifeln Sie an der Unabhängigkeit der Wissenschaft?«, sagt die jüngere der Damen mit empörtem Blick. Dann steigt sie ebenfalls ein.

Schweigend schaut K. dem Wagen hinterher. Es ist ein Porsche.

5

»Bei uns in der Klasse fahren viele Papas einen Porsche Cayenne, Herr Koller.«

»Viele?«

»Na ja. Drei. Oder zwei.«

»Aber den haben sie in Heidelberg gekauft. Oder Mannheim. Jedenfalls nicht in der Stadt mit der Fleischfabrik.«

»Der erfundenen Stadt.«

»Der erfundenen Stadt, richtig. Dort gibt es ein einziges großes Autohaus, und das wäre vor einiger Zeit beinahe pleitegegangen. Inzwischen aber: alles wieder im grünen Bereich.«

»Wie kommt's?«

»Die Leute lieben teure Autos. Hast du ja gehört. Trotzdem, komisch ist das schon, und deshalb trifft sich unser Ermittler zu einem Gespräch mit dem Autohändler.«

»Wo?«

»Gut, dass du fragst. In dessen VIP-Lounge im Fuß-ballstadion. Irgendwie passend, denn das Stadion trägt den Namen des Fleischproduzenten.«

»Lassen Sie mich raten: Dritte Liga?«

»Ja. Noch.«

6

Von der VIP-Lounge ist K. ein wenig enttäuscht. Man hat gute Sicht auf das Spielfeld, aber statt Champagner und Kaviarschnittchen, gereicht von attraktiven jungen Damen, gibt es Erbsensuppe und Bier aus Bügelflaschen. Außerdem einen schlecht gelaunten weiteren Gast, der sich als Mitarbeiter der örtlichen Zeitung vorstellt.

»Ja, wir hatten einen Durchhänger«, sagt der Auto-händler, Suppe löffelnd. »Aber jetzt kann ich meinen Leuten wieder etwas bieten. Ich kann ihnen zum Beispiel eine Jahreskarte fürs Stadion schenken. Verstehen Sie, was ich meine?« Den Suppenlöffel in der Hand, macht er eine Geste, die das ganze Stadion umfasst. »Alle meine Angestellten sind hier, alle, sie haben ihren Spaß, sind gut drauf, und am Montag kommen sie motiviert ins Geschäft.«

K. lässt seine Blicke durch das Oval gleiten. Auf den Werbebanden blitzt dutzendfach der Name einer Biermarke auf. Es ist derselbe wie auf der Bügelflasche in seiner Hand.

»Was gut für mich ist, ist gut für meine Leute«, fährt der Autohändler fort. »Und was gut für uns alle ist, ist gut für die Stadt. Wenn meine Mitarbeiter ein sicheres Einkommen haben, konsumieren sie. Hier vor Ort. Sie essen hier ihre Würstchen, sie trinken Bier, sie kaufen was Hübsches für ihre Frauen. Und«, der Löffel zeigt auf den dritten Mann, »sie abonnieren eine Zeitung.«

»Ja«, sagt der Redakteur.

»In der dann hoffentlich nicht mehr steht, wir hätten bloß mit Glück gewonnen.«

»Mir egal«, sagt der Redakteur.

»Sie schreiben nicht über Fußball?«, erkundigt sich K.

»Nie«, sagt der Mann. »Ich schreibe nur über schöne Dinge.«

Der Autohändler lacht ein fettes Lachen.

7

»In so einer VIP-Lounge wäre ich auch mal gern.«

»Magst du Erbsensuppe?«

»Ih!«

»Siehst du. Außerdem kann auch der Ausflug ins Stadion nicht verbergen, dass die Ermittlungen ins Stocken geraten sind. Keine Ergebnisse, nichts Greifbares.«

»Stimmt.«

»So ist das mit unserem Beruf: Manchmal endet jeder Weg in einer Sackgasse. Ich fürchte, für deine Leser ist das eher langweilig.«

»Alles eine Frage der Aufmachung.«

»Wenn du meinst. Soll ich also weitererzählen?«

»Unbedingt, Herr Koller!«

»Na dann. Du erinnerst dich an das Firmenjubiläum, von dem ich anfangs sprach?«

»Von der Fleischfirma?«

»Genau. Aus Anlass dieses Jubiläums ist ein dickes Buch über die Geschichte des Unternehmens erschienen. Bei der Buchvorstellung darf unser Ermittler natürlich nicht fehlen.«

8

Der Saal ist gestopft voll, K. findet nur noch einen Platz in der letzten Reihe. Durch eines der Fenster fällt sein Blick auf die Überreste der abgebrannten Kühlhalle. Nach der Begrüßung durch den Firmensprecher betreten Moderator und Buchautor das Podium. K. erkennt den Moderator sofort wieder: Es ist der schlecht gelaunte

Zeitungsredakteur, der aus der VIP-Lounge. Gemeinsam zeichnen die beiden den Weg der Firma von der Hinterhofschlachterei zum globalen Player nach. Was der Autor an Fakten liefert, wird vom Moderator durch Anekdoten ergänzt.

Es gibt auch Kritik an der Firma, erinnert der Zeitungsmensch.

»Sicher«, sagt der Autor. »Kritik ist wichtig.«

»Wobei man unterscheiden muss zwischen berechtigter und unberechtigter Kritik.«

»Absolut.«

»Bis heute frage ich mich, was meine überregionalen Kollegen damals wohl geritten hat, einen derart unsachlichen Angriff zu fahren.«

»Sie müssen sehen, aus welcher Ecke das kommt.«

»Eine gewisse Hochnäsigkeit der Städter gegenüber der Provinz würden in diesem Fall also auch Sie diagnostizieren?«

»Die Materie ist nun einmal kompliziert.«

Jemand beugt sich über K.s Schulter, er erkennt den Firmensprecher, der vorhin das Publikum begrüßt hat.

»Wir möchten Sie gern zu unserem Firmenjubiläum einladen. Hätten Sie Lust?«

»Mich?«, fragt K., überzeugt, dass es sich um eine Verwechslung handelt.

Der Mann nickt.

»Ich überlege es mir«, sagt K.

Am nächsten Tag liest er in der Zeitung, dass zu den Jubiläumsfeierlichkeiten viele Prominente aus Politik,

Wirtschaft und Kultur erwartet würden. Darunter auch ein Privatermittler namens K.

Er liest den Bericht drei Mal. Dann faltet er die Seite zu einem Flieger und wirft ihn aus dem Fenster.

9

»Aber es war doch noch offen, ob er die Einladung annimmt.«

»Eben.«

»Ah. Verstehe. Protestiert er?«

»Wo denn?«

»Bei der Zeitung.«

»Ein Missverständnis, Herr K. Wir bedauern. Gegendarstellung möglich, sähe aber komisch aus.«

»Oder bei der Firma.«

»… halten unsere Einladung selbstverständlich aufrecht. Sind uns auch bei Absage jederzeit willkommen.«

»Also geht er nicht hin.«

»Doch.«

»Doch?«

»Was glaubst du? Immer rein in die Höhle des Löwen!«

10

Die Villa des Unternehmers ist blumengeschmückt. Gedämpfte Musik im Erdgeschoss, Party im Souterrain. Auf der Terrasse das große Büfett, Fontänen und Lichtspiele im Garten. In einem Nebenraum läuft ein Film über die Geschichte der Firma. Vor der Tür Nobelkarossen. Die Kinder der Kita Löwenzahn haben ein Geburtstagsplakat gemalt.

K. sieht schon eine ganze Weile der firmeneigenen Kabarettgruppe zu, in der auch einige vom Werkschutz mitspielen, als jemand an seine Seite tritt.

»Schön, dass Sie kommen konnten, Herr K.«

Es ist der Hausherr persönlich. Der Chef der Firma, Ehrendoktor mehrerer Universitäten, Wohltäter, Kunstsammler. Drei Kinder, eines davon adoptiert, sieben Enkel.

»Ich bewundere Ihre Hartnäckigkeit«, sagt er. »Haben Sie sich schon am Büfett bedient?«

»Alles bio?«

»Alles bio. Kommen Sie, drehen wir eine Runde.«

Der schlecht gelaunte Zeitungsmensch will sich ihnen anschließen, wird aber abgewimmelt. Draußen, abseits der Gäste und der Fotografen, legt der Unternehmer K. eine Hand auf die Schulter.

»Wir sind eben dabei, unsere Sicherheitsabteilung neu aufzustellen. Interesse an einer leitenden Position?«

»Haben Sie den Brand in der Kühlhalle legen lassen?«, fragt K.

Der Unternehmer lacht. »Haben Sie schon mal das Finanzamt beschissen? Was sind das für Fragen, die ihre Antwort in sich tragen?« Er zieht seinen Gast noch weiter in die Dunkelheit. »Hin und wieder muss es so einen Brand geben«, sagt er mit gesenkter Stimme. »Unternehmerische Notwendigkeit. Es gab eine geschäftliche Konstellation, die zu diesem Schritt zwang. Bilanzen mussten ins Gleichgewicht gebracht werden. Die Sache ist kompliziert, selbst ich durchschaue sie nicht ganz, aber meine Experten haben mir dazu geraten.«

»Würden Sie das auch vor Zeugen zugeben?«

»Wem würde es nützen, Herr K.? Wem? Mir nicht, meinen Mitarbeitern nicht, der ganzen Stadt nicht. Es würden weniger Autos verkauft, kaum noch Sponsorengelder fließen, selbst den Aufstieg in Liga zwei müssten wir vertagen. Langfristig würde es auch Ihnen nichts nützen. Überlegen Sie sich das mit unserer Sicherheitsabteilung!«

»Ich hatte einen Auftrag. Und meine Auftraggeber …«

»Gut, dass Sie mich daran erinnern, Herr K. Wussten Sie, dass die Versicherung, für die Sie ermittelt haben, über eine Holding an meiner Firma beteiligt ist? Dort besteht also ein starkes Interesse daran, dass es uns gutgeht.« Wieder lacht er, wieder legt er K. eine Hand auf die Schulter. »Und ich selbst halte privat Anteile an der Versicherung. Lustig, was?«

Ein Blitzlicht flammt auf. Nun hat sie also doch ein Fotograf erwischt. Ermittler und Unternehmer, im vertraulichen Gespräch. Lachend.

»Und dann, Herr Koller?«

»Nix und dann. Das war's!«

»Wie, das war's? Sie wollen doch nicht sagen …«

»Genau das will ich. Sämtliche Ermittlungen verliefen im Sande. Aus die Maus.«

»Aber das Geständnis!«

»Es gab kein Geständnis. Nur ein Gespräch unter vier Augen, ohne jegliche Beweiskraft.«

»Ich hätte heimlich ein Aufnahmegerät mitlaufen lassen. Mein Handy!«

»Bist du Hellseher von Beruf?«

»Seien Sie mir nicht böse, Herr Koller, aber da war Ihr Ermittler nicht besonders auf Zack.«

»Vielleicht wollte er gar nicht auf Zack sein. Vielleicht kam er zu der Erkenntnis, besser alles auf sich beruhen zu lassen.«

»Voll Scheiße, ehrlich! Wenigstens zur Zeitung hätte er gehen können.«

»Zur Zeitung? Sicher?«

»Klar! Irgendein Redakteur hätte bestimmt was draus gemacht.«

»Wie schön, dass man mit vierzehn noch Illusionen hat.«

»Nun labern Sie nicht so depri daher! Ich nehme Ihre Story, auch wenn es nur für die Schülerzeitung ist.«

»Okay, aber du schreibst, dass alles erfunden ist. Keine Übereinstimmung mit der Realität! Kapiert?«

»Logisch, Mann.«

Zweimal musste ich klopfen, bis jemand »Herein!« rief. Eine Frau mit verheulten Augen saß neben dem Krankenbett und hielt die Hand des Jungen. Ich stellte die mitgebrachten Blumen in ein Wasserglas. Dann setzte ich mich ebenfalls. Der Junge trug einen Verband um den Kopf, ein Auge war geschwollen und schillerte violett.

»In Deutsch ist das aber nicht passiert«, sagte ich.

»Zu viert sind sie über ihn hergefallen«, empörte sich die Frau. »Einen Tag, nachdem das Porträt über Sie in der Schülerzeitung erschien. Als Nestbeschmutzer haben sie ihn beschimpft.«

»Aber doch nicht deswegen, Mama«, lispelte der Junge. Die Zahnreihe oben war unvollständig. »Nicht wegen dem Porträt.«

»Nein?« Seine Mutter lachte. »Soll ich dem Herrn Koller verraten, wo die Väter von diesen Jungs beschäftigt sind?«

»Zufall, Mama!«

»Tut mir leid, dass du wegen mir in Schwierigkeiten geraten bist«, sagte ich.

»Wie gesagt, Herr Koller, mit Ihnen hat das nichts zu tun.«

»Vielleicht wurde nicht deutlich genug, dass der Fall, von dem ich dir erzählt habe, keinen Bezug zur Realität hat. Solche Hinweise versteckt man nicht in einer Fußnote.«

Der Junge versuchte, sich im Bett aufzurichten. »Alles

halb so wild. Davon lass ich mich nicht unterkriegen. Es lebe die freie Presse!«

Aufmunternd drückte ich ihm die Hand. Ich wäre gern noch geblieben, aber mein neuer Job rief. Beim Hinausgehen stieß ich fast mit dem Essenswagen zusammen. Auf dem Wagen klebte das Logo des Fleischlieferanten.

»Alles bio«, murmelte ich.

OKTOBER

LEHRERMANGEL

Die Frau vom Oberschulamt sah mich einmal kurz und durchdringend an. Sie röntgte mich gewissermaßen mit ihrem unbestechlichen Beamtinnenblick. Okay, dachte ich, das war's dann wohl.

Stattdessen fragte sie: »Gibt es irgendwelche pädagogischen Grundkenntnisse, die Sie mitbringen, Herr Koller?«

Ich wiegte den Kopf. »Wenig. Eher kaum.«

»Und warum bewerben Sie sich dann?«

»Hm.« Ich zuckte mit den Schultern.

»Sie brauchen Geld. Selbstverständlich. Wer braucht das nicht? Aber bevor ich jemanden wie Sie auf Grundschulkinder loslasse ...«

»Ich kann gut mit Kindern«, unterbrach ich sie. »Fragen Sie meinen Freund Friedhelm Sawatzki. Bei dem im Kindergarten hab ich schon mal hospitalisiert.«

»Hospitiert?«

»Exakt.«

Sie schüttelte den Kopf. »Ohne einen konkreten Nachweis pädagogischer oder sozialer Fähigkeiten kann ich Sie nicht einstellen. Was ist mit Vereinsarbeit? FSJ? Tätigkeiten als Betreuer?«

»Ich hab mal Psychologie studiert«, sagte ich und wurde rot.

»Sie?« Ihre Brauen schossen in die Höhe.

»Nach zwei Semestern abgebrochen.«

»Herr Koller, Sie haben den Job.«

Im Klassenzimmer der 3a roch es nicht gut. Als ich eintrat, richteten sich sofort 25 Augenpaare auf mich. Keine Röntgenblicke wie bei der Dame vom Oberschulamt, eher das gebannte Staunen von Zoobesuchern: Was ist denn das für ein Affe?

Klar, so was wie mich hatten die noch nicht gesehen. Ich setzte mich auf das Lehrerpult und klatschte in die Hände.

»Okay, Leute, was steht an? Worauf habt ihr Lust? Wie wär's mit einer gemeinsamen Aktion zum Kennenlernen? Hat jemand einen Vorschlag?«

Stille. Das Geglotze wollte einfach nicht aufhören. Dabei hatte ich doch einen superpädagogischen Einstieg gewählt, so mit flachen Hierarchien und allem.

»Keine Idee?«

Da, ein Knabe meldete sich. »Wir könnten aufräumen.«

»Bitte?«

»Unser Klassenzimmer. Ist doch voll unordentlich hier.«

Ich blickte mich um. Kein Vergleich zum Chaos bei mir zu Hause. »Aufräumen? Meinst du das ernst?«

Jetzt ging das große Nicken los. Die einen fanden das Durcheinander in ihren Fächern doof, andere ekelten sich vor den Spinnweben am Fenster. Angeblich lag der

Schwamm an der falschen Stelle, und dann die Tische, die Kreide, die Plakate an der Wand ... Ich gab mich geschlagen.

Wir räumten also auf. Den Kindern schien es Spaß zu machen. Mir weniger, ich bin ja nicht so der Ordnungsfanatiker, aber egal. Hauptsache, die Zeit ging rum.

»Toller neuer Lehrer sind Sie«, strahlte der Stöpsel, der das Ganze ins Rollen gebracht hatte.

Nächste Stunde. Auf richtigen Unterricht hatte ich keine Lust. Vielleicht morgen. Beim Blick aus dem Fenster kam mir die rettende Idee.

»Wenn ich so euren Schulhof sehe«, sagte ich, »der ist ja nicht im besten Zustand. Sollen wir da auch mal Hand anlegen?«

Zustimmendes Gebrüll. Max Koller, der Kinderflüsterer! Wir besorgten uns Besen und Lappen und Eimer und alles und verlegten die Stunde nach draußen. Die eine Hälfte meiner Schüler fegte das Herbstlaub zusammen, die andere sammelte Müll ein. Weil weder vom Laub noch vom Müll viel vorhanden war, mussten bald neue Beschäftigungen her. Stufen wurden gewischt, das Klettergerüst blank poliert. Irre! Die Kleinen waren kaum zu bremsen. Irgendwann fingen sie an, vertrocknete Pflanzen aus den Beeten zu reißen.

»Die sind alt, Herr Koller. Die können weg.«

»Meinetwegen, aber nicht alle.«

»Kann ich eine Säge haben?«, fragte ein Mädchen mit blonden Ringelzöpfen.

»Wozu brauchst du denn eine Säge?«

»Die Wippe ist so vergammelt, da will keiner mehr drauf sitzen.«

Gleich darauf sah ich, wie zwei Jungs ein Fahrrad aus dem Ständer nahmen und davontrugen.

»He, was wird das?«

»Das ist krass verrostet, das Teil. Und nicht mal abgesperrt!«

»Ihr bringt das zurück, sofort!«

»Aber wir machen doch nur Ordnung, Herr Koller.«

»Genau«, sagte das Mädchen und schaute mich aus blauen Augen treuherzig an. »Wir misten aus. Mein Papa meint, das muss auch mal sein.«

»Ab ins Klassenzimmer!«, befahl ich.

In der großen Pause checkte ich mein Handy. Eine SMS von Kommissarin Kehrer: Sie wolle mich sprechen, möglichst heute noch. Njet, schrieb ich zurück. Lehrer ist ein 24-Stunden-Job.

Dann ging ich hinaus auf den Hof, um meiner – wie hieß das noch? Genau, um meiner Aufsichtspflicht nachzukommen. Wo trieben sich wohl meine Schüler herum? Ah, da drüben standen ein paar von ihnen bei einem Mädchen aus der Vierten.

»Nein, eure Mutti spiel ich nicht!«, rief das Mädchen eben und drehte sich auf dem Absatz um.

Für mich klang das nach einem ziemlich schrägen Spiel, dabei ging es jetzt erst los. Einer meiner Jungs rempelte die Viertklässlerin an. Die wehrte sich und bekam einen Knuff von einem anderen Jungen. Zack, ein Mädchen trat nach ihr, ein weiteres spuckte. Immer mehr mischten sich ein, bis der Großen nichts übrig blieb, als zu türmen. Sie rannte quer durch den Schulhof, verfolgt von sämtlichen Kindern aus meiner Klasse. Ich hinterher. Was ging denn hier ab? Kurz bevor das Opfer eingeholt wurde, gelang es mir, die vordersten Verfolger am Schlafittchen zu packen.

»Spinnt ihr?«, brüllte ich. »Hat's euch ins Gehirn geschissen?«

»Aber das ist doch ein Spiel, Herr Koller!«

»Bitte, was soll das sein?«

»Unser Jagespiel! Wir jagen sie. Aber nur, als ob. Ist nicht so gemeint.«

Perplex sah ich mich um. Nahmen die mich auf den Arm? Diese Zwerge?

»Jagen, soso? Ihr jagt jetzt in die Schule zurück, sonst bringe ich euch mal ein Spiel bei.«

Am Ende meines ersten Arbeitstags als Lehrer war ich urlaubsreif. Ich packte meine Sachen, schlappte durchs verwaiste Schulgebäude und dachte über meine Kündigung nach, als ich aus einem Klassenzimmer Radau hörte. Lief da gerade die Nachmittagsbetreuung aus dem Ruder? Ich riss die Tür auf und tatsächlich: weit und breit kein Erwachsener. Stattdessen ein Grüppchen aus meiner Klasse, das mal wieder von Aufräumeuphorie gepackt war. Die Knirpse hatten den Mülleimer von der Ecke des Raums in die Mitte gerückt, um ihn zu füllen.

Allerdings nicht mit Müll, sondern mit einer Schülerin, einem Türkenmädchen. Zu viert hatten sie die Kleine gepackt und versuchten, sie in den Eimer zu stopfen. Das Mädchen zappelte, der Eimer fiel um, aber das tat ihrem Eifer keinen Abbruch. Erst als ich anrückte, gaben sie ihr Vorhaben auf.

»Wisst ihr, wie ich das finde?«, herrschte ich sie an.

»Och, Herr Koller, Sie sind echt ein Spielverderber. Voll lahm.«

»Spiel? Das hier ist auch ein Spiel? Und wie heißt das? Müllabfuhr vielleicht?«

»Entsorgen«, strahlten sie.

Mein Arbeitstag ging in die Verlängerung. Zur Rektorin, Bericht erstatten. Die heutigen Zeiten beseufzen. Das Leben ist kein Ponyhof, Herr Koller. Irgendwann schloss ich die Tür des Schulhauses endgültig hinter mir.

Aber so schnell wurde ich meine neue Klasse nicht los. Da turnten doch schon wieder ein paar in den Bäumen herum, als ich eine Abkürzung durch den Grünstreifen nehmen wollte.

»Hier geht's nicht weiter, Herr Koller«, schallte es von oben.

»Was soll das heißen?«

»Dass hier niemand durchspazieren darf. Sie auch nicht.«

»Ich bin euer Lehrer, schon vergessen?«

»Spielt keine Rolle. Wir dürfen keinen vorbeilassen.«
Einen Fluch ausstoßend, marschierte ich weiter.

Denen würde ich morgen eine Strafarbeit aufdrücken, dass sie …

»Schießbefehl!«, gellte es aus den Bäumen.

Im nächsten Moment knallte mir etwas gegen die Stirn. Ich war so überrumpelt, dass ich mich auf den Hosenboden setzte. Die Schultasche flog ins Gebüsch.

Ein Zwerg nach dem anderen sprang zu mir herab. In der Hand eine Zwille, im Gesicht ein schelmisches Grinsen.

»Wir haben Sie gewarnt, Herr Koller.«

»Die Getränke gehen auf mich«, sagte Kommissarin Kehrer und bestellte zwei Kurze zum Einstieg.

Ich hatte mich dann doch breitschlagen lassen, sie zu treffen. Offensichtlich lag ihr viel an einem Gespräch, und wenn ich ehrlich bin, hatte ich nach meiner heutigen Schulerfahrung auch das Bedürfnis, mich mal so richtig von der Bildfläche zu trinken. Wir prosteten uns zu, tranken auf ex und orderten nach.

»Wie war Ihr Tag, Frau Kommissarin?«

Sie schüttelte den Kopf. »Das war kein Tag. Das war ein Albtraum, der sich als Tag getarnt hat.«

»Ging mir ähnlich.«

»Sie hatten aber nicht mit einem Serienkiller zu tun, oder?«

Ich überlegte. »Nicht direkt, nein.« Die nächsten beiden Schnäpse.

»Sehen Sie.« So düster hatte ich die Kehrer noch nie erlebt. In ihren Augen stand Erschöpfung, ihr Blick war grau. Und dann erzählte sie: von dem Verrückten, der sie 24 Stunden in Atem gehalten hatte. Der scheinbar wahllos Jagd auf Mitbürger gemacht hatte, ohne konkreten Anlass, ohne erkennbares Motiv. Immer war er ihnen einen Schritt voraus gewesen. Zwischendurch hatten sie das Gefühl gehabt, er spiele mit ihnen.

Ich hörte still zu und trank Schnaps.

»Kennen Sie das ›Anadolu‹?«, fuhr die Kehrer fort. »Diesen Dönerladen? Dort fanden wir eines seiner Opfer, eine Frau. Er hat sie im Hof in einen Container geworfen, können Sie sich das vorstellen? Einfach auf den Müll gekippt.«

Ich schwieg.

»Immerhin, so kamen wir ihm auf die Spur. Bei der Beseitigung der Leiche war er beobachtet worden. Aber wenn Sie jetzt glauben, das sei das Ende der Geschichte, dann irren Sie sich. Der Typ verschanzte sich in seiner Wohnung, mit Munition bis zum Abwinken. Schoss auf jeden, der zur Tür reinwollte. Wahnsinn.« Sie kippte einen Schnaps. »Der hätte seine eigene Mutter umgenietet.«

Ich schwieg.

»Wie die Sache ausging, werden Sie sich denken können. Aber wissen Sie, was das Schlimmste ist? Dass der Typ nicht zu fassen war. Durch unsere Profiler, meine ich. Ein regelrechtes Phantom! Der passte in kein Raster mit seinem sinnlosen Hass. Unsere Leute tappten völlig im Dunkeln.« Sie bestellte noch eine Runde, dann sah sie mich irritiert an und meinte: »Sie sagen ja gar nichts.«

Schweigend betrachtete ich meine Finger. Profiler, so ein Schwachsinn! Von diesen Typen hielt ich überhaupt nichts. Da konnten sie gleich mich nehmen, mit meinen zwei Semestern Psychologie und der Erfahrung eines einzigen Schultages.

»Sind Sie noch da, Herr Koller?«

»Prost, Frau Kommissarin.«

Kurz danach brachen wir auf. Ich glaube, sie schwankte noch mehr als ich. Draußen regnete es, die Straßen glänzten metallisch.

»Eins noch, Frau Kehrer«, hielt ich sie auf.

»Ja?«

»Dieser Verrückte ... Ihre Profiler behaupten, er passte in kein gängiges Raster?«

Sie nickte.

»Keine fundamentalistischen Posts, kein Manifest à la Breivik, keine SS-Runen auf der Brust?«

»Nichts Konkretes jedenfalls.«

»Dann lassen Sie mich raten: In seiner Wohnung war es picobello sauber und aufgeräumt.«

»Stimmt. Sogar auffällig aufgeräumt. Woher wissen Sie das?«

»Ach, Frau Kehrer«, seufzte ich. »Das war kein Serienkiller.«

»Nein?«

»Nein. Sie sind dem Kerl auf den Leim gegangen. Was er getan hat, ist nach aktueller Rechtsprechung kein Verbrechen.«

»Bitte?« Sie lachte empört auf. »Sondern?«

»Eine politische Aktion.«

»Wie bitte? Sagen Sie das noch mal.«

»Eine politische Aktion.« Ich räusperte mich. »AUF-RÄUMEN – AUSMISTEN – JAGEN – ENTSOR-GEN – SCHIESSEN. Moderner politischer Fünfkampf. Seit der letzten Wahl parlamentsfähig. Sogar die Jüngs-ten spielen das jetzt schon nach. Nur Kleingeister wie Sie nennen es Verbrechen.«

»Sie sind ja besoffen, Koller.«

»Und Sie sind realitätsfremd, Kehrer.« Ich schlug den Kragen meiner Jacke hoch. »Kennen Sie die Arbeits-gemeinschaft für Demokratieflucht nicht? Die Herren Frohnmaier und Gauland, Frau von Storch? Die haben das in die Welt gesetzt. Kann man den Leuten doch nicht verübeln, wenn sie das wörtlich nehmen.« Damit ließ ich sie stehen, die gute Frau.

»Seit wann interessieren Sie sich für Politik?«, rief sie mir hinterher.

»Gar nicht«, dachte ich. »Ich bin bloß gescheiterter Psychologe.«

Und das mit dem Lehrer würde ich auch beenden.

ZEITTAFEL

2017

JANUAR

Am 20.1.2017 legt Donald Trump den Amtseid als Präsident der Vereinigten Staaten von Amerika ab. Mit seinen regelmäßigen Twitter-Kommentaren hält er seitdem die Welt in Atem.

Martin Schulz wird von der SPD zum Kanzlerkandidaten für die Wahl im September nominiert.

FEBRUAR

Dank der Dauerfehde zwischen Trump und den Medien geht der Begriff »Fake News« auch im Deutschen in den allgemeinen Sprachgebrauch über.

In Heidelberg und anderswo wird Fasching gefeiert.

MÄRZ

Der Druck auf die Autoindustrie, vor allem die deutsche, nimmt zu: Diesel-Skandal, geheime Absprachen, dazu ein Toter durch ein selbstfahrendes Auto.

Der »Schulz-Effekt« scheint nach der Niederlage der SPD im Saarland dahin.

APRIL

Beim Musikfestival Heidelberger Frühling treten Chöre, Gruppen und Solisten in der gesamten Innenstadt auf.

Bernhard Scheifele (Heidelberg Cement) gilt als bestbezahlter Manager Deutschlands.

Eine Mehrheit der Türken stimmt für das von Präsident Erdoğan vorgelegte Präsidialsystem.

Gegen die Verlegung des Polizeipräsidiums von Heidelberg nach Mannheim gibt es weiterhin Proteste.

MAI

Nordkorea testet zum wiederholten Mal eine Kurzstreckenrakete. US-Präsident Trump droht dem Regime in Pjöngjang per Twitter. Dabei kommt es zu Unklarheiten über die Position seiner Flugzeugträger.

Nach einem (angeblichen) Giftgasangriff gegen die eigene Bevölkerung werden die Truppen des syrischen Machthabers Assad von US-Militär bombardiert.

JUNI

Aus dem stillgelegten KKW Obrigheim werden radioaktive Brennelemente per Schiff nach Neckarwestheim gebracht. Das Datum bleibt bis zuletzt geheim, trotzdem gibt es Proteste von Umweltschützern.

Bei mehreren Bundesligaclubs, darunter Hoffenheim und Sandhausen, wird eine erhöhte Legionellenkonzentration in den Sanitäranlagen gefunden.

Das Bundesverfassungsgericht erklärt die Brennele-
mentesteuer für verfassungswidrig; KKW-Betreiber wie
die EnBW erheben daraufhin Rückzahlungsforderun-
gen in Milliardenhöhe.

JULI

Rund um den G20-Gipfel in Hamburg kommt es zu
Krawallen und erhöhtem Polizeieinsatz.
William, Enkel von Queen Elisabeth, und seine Frau
Kate besuchen Heidelberg. Ihr dreistündiger Aufent-
halt am Neckar beinhaltet auch eine Begegnung mit Bür-
gern der Stadt.

AUGUST

Erdbeben auf Kos, Waldbrände in Portugal, Über-
schwemmungen in Tirol.
Während der deutsche Bundestagswahlkampf nur
schleppend Fahrt aufnimmt, eskaliert der Konflikt zwischen Nordkorea und den USA erneut.
Der Autobahnbetreiber A1 Mobil fordert von der
Bundesregierung fast 800 Millionen Euro, um eine dro-
hende Insolvenz abzuwenden.

SEPTEMBER

Heidelberger »Plakataffäre«: Aus Versehen hängen stadt-
weit SPD-Plakate von der Saarland-Wahl.

Bundeskanzlerin Angela Merkel tritt in Heidelberg auf und wird mit Tomaten beworfen.

Bei der Bundestagswahl erleiden CDU/CSU und SPD herbe Stimmenverluste; die große Koalition platzt. AfD-Chef Gauland kündigt an, man werde die Kanzlerin »jagen«.

OKTOBER

Attentat in Las Vegas mit 58 Toten; Sturmtief »Xavier« fordert mehrere Opfer; Landtagswahl in Niedersachsen

NOVEMBER

Bei Redaktionsschluss dieses Buches noch nicht angebrochen.

DEZEMBER

Siehe November; Weihnachten soll aber wie geplant stattfinden.

NACHWORT

Die vorliegenden zwölf Geschichten erschienen im Verlauf des Jahres 2017 in der Wochenendbeilage der Rhein-Neckar-Zeitung, und zwar pro Monat eine. Von den zusätzlichen beiden »Bonus«-Texten, die hier im Anhang abgedruckt sind, hat der eine resümierenden Charakter, der andere war als Alternative für den Oktober gedacht. Abgesehen von minimalen sprachlich-stilistischen Korrekturen, sind Zeitungs- und Buchversion der Geschichten identisch.

Hinter dem Projekt »Spätlese«, ausgeheckt Ende 2016, steckte die Idee, über ein Jahr lang aktuelle Themen aus Politik, Gesellschaft und Kultur mit den Mitteln einer Kriminalstory zu verarbeiten: sie zu spiegeln, zu vertiefen, weiterzudenken oder ad absurdum zu führen. Manche dieser Themen werden uns noch weit über das Jahr 2017 hinaus beschäftigen, an andere können wir uns schon jetzt kaum noch erinnern.

Besonders gern habe ich Themenbereiche aufgegriffen, deren Relevanz sich im Großen wie im Kleinen zeigte, die sich von der Ebene der Welt- oder Landespolitik auf den Schauplatz Heidelberg »herunterbrechen« ließen. Dass das nicht zu jedem Zeitpunkt gleich gut gelingen konnte, liegt auf der Hand. 2017 war insofern ein Glücksfall, als der neue US-Präsident praktisch unablässig Stoff für kriminelle Geschichten lieferte. Man ist fast versucht, ihm dafür zu danken.

Unabhängig davon gaben mir die Kurzkrimis Gelegenheit, meinen Protagonisten Max Koller auch nach Ende der Romanreihe (2007–2015) noch am Leben zu erhalten. Ich bin Alexander Wenisch, Ressortleiter »Magazin/Reise« bei der Rhein-Neckar-Zeitung, sehr dankbar, dass er das Projekt von Beginn an so tatkräftig unterstützt hat. Ein weiterer Dank geht an Andreas, Christian und alle anderen »Informanten« aus der Region.

Marcus Imbsweiler

Weitere Krimis finden Sie auf den folgenden Seiten und im Internet:

WWW.GMEINER-SPANNUNG.DE

Das Neueste aus der Gmeiner-Bibliothek

Unser Lesermagazin

Bestellen Sie das
kostenlose Krimi-
Journal in Ihrer
Buchhandlung
oder unter
www.gmeiner-verlag.de

Informieren Sie sich ...

www ... auf unserer Homepage:
www.gmeiner-verlag.de

@ ... über unseren Newsletter:
Melden Sie sich für unseren Newsletter an
unter www.gmeiner-verlag.de/newsletter

f ... werden Sie Fan auf Facebook:
www.facebook.com/gmeiner.verlag

Mitmachen und gewinnen!

Schicken Sie uns Ihre Meinung zu unseren Büchern
per Mail an gewinnspiel@gmeiner-verlag.de
und nehmen Sie automatisch an unserem
Jahresgewinnspiel mit »mörderisch guten« Preisen teil!

GMEINER SPANNUNG

WWW.GMEINER-VERLAG.
Wir machen's spanne.